AF435744

La vallée du pêcheur

Un conte écossais

Davy Liger

Éditeur : Davy LIGER
28, rue de la pêche
80460 Ault

ISBN : 979-10-415-1197-6
Dépôt légal : avril 2023

Couverture : crédit photographique Davy LIGER

Contact : https://www.davyliger.com/

Pour Paul

PROLOGUE

La situation était désespérée. Le capitaine William Mac Kenzie le savait. Le coup de vent était trop fort, trop soudain. Le *Proud Iseabel* ne pourrait pas être ramené à bon port.

Quelques heures auparavant, dès l'apparition des nuages annonçant le déluge à venir, il avait réuni son équipage et donné ses consignes : ils se rapprocheraient de la côte, puis la longeraient à la recherche d'un abri ou d'une plage sur laquelle ils pourraient tenter de s'échouer. Le capitaine avait remplacé son timonier à la barre et les dix marins s'étaient attelés à leurs tâches respectives, concentrés, la mine sombre.

Rapidement, le bateau fut amené vent arrière. Toutes voiles dehors et porté par la houle déjà forte, il filait sur les crêtes, volait au-dessus des canyons mouvants, menaçait à chaque instant de plonger dans les gouffres qui s'ouvraient devant lui. La tempête enflait, le navire souffrait, roulait et craquait de partout. Bientôt, la terre apparut, mais les rochers acérés surgissant du bouillonnement d'écume en interdisaient toute approche.

Les marins, efficaces et précis malgré le chaos, réussirent une manœuvre difficile. La grand-voile fut réduite et le *Proud Iseabel* passa vent de travers pour mettre cap au nord. Un tour de barre le fit gîter dangereusement. Il devait désormais lutter contre les vagues puissantes qui arrivaient presque de face.

Une voie d'eau se déclara.

Les yeux plissés, le front ridé par la concentration, Mac Kenzie continuait de scruter intensément la côte. En vain.

Le *Proud Iseabel* et son équipage étaient condamnés. À quelques encablures seulement de l'Écosse, alors même que l'on distinguait, à travers le grain, la silhouette fantomatique d'une tour en ruine posée sur la falaise, le navire était en perdition.

La vie de William Mac Kenzie allait s'achever ici, en mer du Nord. Elle avait été heureuse. D'abord pêcheur, il s'était reconverti commerçant et avait transporté les marchandises les plus diverses, vivres, étoffes, épices, métaux précieux, parfois même de l'or, aux quatre coins du monde. Il avait acquis une réputation sans tache : avec lui, les cargaisons atteignaient toujours leur destination en temps et en heure. Bientôt riche, il avait pu acheter un deuxième navire, puis un troisième, dont il avait confié la responsabilité à deux collaborateurs fidèles. Mais il restait seul maître à bord du *Proud Iseabel*.

Lorsqu'il revenait de ses longs périples, William rejoignait avec bonheur sa femme Aileas et sa fille Iseabel. Aileas était un amour fou de jeunesse qu'il avait quitté par bêtise et retrouvé par hasard, dix ans plus tard, un jour de brouillard. Ils ignoraient alors qu'ils habitaient la même ville. Ils faisaient leurs emplettes respectives et allaient se croiser dans la rue principale sans même se reconnaître, mais un pavé descellé en en avait décidé autrement. En trébuchant, Aileas était littéralement tombée dans les bras de William, s'y était trouvée bien, et y était restée. Ils s'étaient épousés le lendemain dans une chapelle à moitié en ruine nichée au creux d'un vallon, sans témoins. Iseabel était née neuf mois plus tard.

Au milieu du fracas assourdissant des vagues, c'était à sa fille que William pensait à cet instant. Il la voyait, il la sentait presque sur ses genoux, lors des soirées passées à lire des contes et légendes au coin du feu. Il se souvenait du reflet des flammes dans ses yeux écarquillés et attentifs. Il entendait son rire juvénile, un rire qui venait du ventre, communicatif, déclenché par les blagues les plus idiotes qu'il pouvait inventer et dont il agrémentait les récits trop ennuyeux ou trop effrayants.

La dernière image qu'il emportait avec lui en prenant la mer était celle de son enfant, qui courait sur la jetée en agitant les bras et criant au revoir. Combien de fois avait-il refusé de l'emmener ? Combien de fois avait-il failli céder ? À chaque départ, depuis qu'elle savait parler, la même scène se jouait : Iseabel suppliait son père de l'embarquer, en vain. Elle se tournait alors vers sa mère, attendant une aide, un soutien, qui ne venait jamais. « Trop jeune », lui répondait-on toujours.

William Mac Kenzie en mer, Iseabel foulait inlassablement le pont des navires restés à quai, apprenait le nom des voiles et des nœuds, le rôle de tels drisses, filins, écoutes… Elle glanait çà et là informations et conseils que des marins protecteurs lui prodiguaient avec plaisir, étonnés par la maturité de ce petit matelot en jupon. Certains prenaient un peu sur leur temps de repos pour lui raconter leur quotidien : l'horizon délavé des mers du nord, les jours sans fin des hautes latitudes, les baleines qui bondissaient dans une gerbe d'écume, et les fous de Bassan qui plongeaient dans l'eau tête la première et ailes repliées, en se laissant choir d'une hauteur vertigineuse. Mais aussi le labeur et la sueur, les vêtements trempés collés à leur peau craquelée par le sel, les soirs où l'épuisement jetait les marins tout habillés sur leur couchette, lorsqu'ils sombraient avant même d'avoir enlevé leurs bottes. La fille du capitaine était partout bien accueillie ; le port était son royaume.

Où se trouvait-elle en ce moment ? À la maison, probablement, en train de fixer l'horizon, peut-être à côté de sa mère qui faisait semblant de ne pas être inquiète pendant que lui, pris dans la fureur des éléments, continuait d'encourager ses compagnons d'infortune.

En avant, toujours plus en avant, remontons le vent !

Peine perdue.

Un nouveau coup de boutoir venait d'arracher la gouverne, le *Proud Iseabel* ne valait guère plus qu'une modeste barque sans pilote. Une vague plus haute que les autres fit chavirer le navire. Les matelots perchés dans les haubans furent projetés dans la mer déchaînée, les déferlantes balayèrent ceux présents sur le pont, seuls quelques-uns eurent le temps de s'agripper au bastingage. Une deuxième lame, encore plus forte, les emporta, brisa le mât et finit de retourner le bateau.

C'était la fin.

Avant d'être englouti par les flots, le capitaine Mac Kenzie aperçut, entre deux montagnes liquides, une mince ligne claire : à un mile, un demi-mile peut-être du navire qui coulait, un rayon de soleil isolé faisait étinceler une plage blanche comme le paradis.

PREMIÈRE PARTIE

1. La rencontre

Les saisons passaient et couvraient de lumières changeantes la vallée du pêcheur. L'hiver en figeait les lacs et pétrifiait les arbres. Le printemps tiède et verdoyant ramenait les gardons engourdis près des berges. L'été pouvait être suffocant de chaleur et faisait le bonheur de moustiques agressifs et minuscules qui pullulaient sur les hauts plateaux arides.

Les mois d'automne étaient les plus agréables : les fougères jaunissantes, les flancs de la vallée semblaient se couvrir peu à peu d'une épaisse couche de miel versée là par quelque géant débonnaire, et toutes les senteurs d'Écosse s'envolaient, enfin libérées de la torpeur estivale.

Ce paysage grandiose, que les rayons du soleil filtrés par des nuages pressés transformaient à chaque instant, était parcouru par une rivière étroite dans laquelle le vieux Victor pêchait toute l'année, par tous les temps. Muni d'une simple canne en bambou, il arpentait lentement les berges, traquant inlassablement les truites arc-en-ciel et les ombles chevaliers qui, face au courant, attendaient qu'une proie s'aventure à leur portée. Il s'asseyait régulièrement pour défaire un nœud, remettre un appât sur l'hameçon, ou se perdre dans la contemplation de l'eau cristalline en caressant doucement l'herbe grasse. À le voir ainsi s'arrêter fréquemment, on peinait à croire que sa besace serait remplie à la fin de la journée… Pourtant, Victor, travaillant de l'aube au crépuscule, attrapait suffisamment de poissons pour assurer sa subsistance : il en mangeait une partie et vendait le reste aux habitants de Lewiston, le village voisin.

En pêcheur précis, il ferrait à la seconde même où il sentait dans son poignet ce choc sec, net, caractéristique des touches provoquées par une belle truite. L'homme n'était pas jeune, mais ses réflexes étaient aiguisés et il ne ratait jamais son coup. Sa démarche si lente, si voûtée, faisait oublier la vigueur secrète d'un corps musculeux, athlétique encore, capable de parcourir la vingtaine de kilomètres quotidienne qu'exigeait cette activité peu reposante.

Vers midi, Victor mangeait rapidement, buvait un thé et somnolait une demi-heure. Revigoré, il reprenait ensuite, en sens inverse, le trajet du matin.

Parfois, lorsque la lumière du soleil couchant dorait la lande, Victor fredonnait des chants traditionnels. Au son de la douce mélodie des accents gaéliques, son pas devenait soudain plus alerte, sa grande carcasse se redressait et, au milieu de son visage marqué par les cernes, ses yeux bleus, troublés par une mélancolie profonde, retrouvaient brièvement leur éclat juvénile.

Le temps s'écoulait tranquillement pour Victor, au bord de cette rivière dont le débit s'accélérait par endroits pour former des petits rapides gargouillant entre les rochers. Rien ne semblait plus, depuis longtemps, pouvoir modifier le cours de cette existence routinière, jusqu'à ce matin de septembre…

Était-ce un bruit anormal ou, au contraire, un silence inhabituel qui l'avait alerté ? Un changement dans le paysage ? Victor l'ignorait. Lorsqu'il avait raconté son histoire, des mois plus tard, à ses amis de Lewiston, il n'avait pas su leur décrire précisément cette impression tenace qu'il avait eue en refermant la porte de sa chaumière : le sentiment que quelqu'un, ou quelque chose, rôdait dans les parages…

Tout semblait pourtant identique à la veille et aux jours précédents : le même ballet fou des bergeronnettes des ruisseaux, la même odeur de terre humide et d'iode portée par le vent d'est, le même grondement sourd d'une lointaine chute d'eau résonnant dans la vallée depuis toujours… Mais Victor, dont les sens et l'instinct étaient affûtés par la solitude et les années passées au contact de la nature, restait malgré lui aux aguets. Concentré, à l'écoute du moindre craquement de branche suspect, il se retournait régulièrement pour jeter quelques coups d'œil furtifs derrière son épaule.

Rien…

Rien ni personne ne perturbait, apparemment, ce décor familier. Un vent léger parcourait la vallée, les feuillages offraient toute leur palette automnale de rouge et d'ocre, les prises étaient nombreuses, comme souvent à cette saison, et sa besace se remplissait rapidement.

Quand vint l'heure de la sieste, Victor eut un peu de mal à s'endormir. Bercé par le glougloutement de la rivière et le bruissement des saules pleureurs, le soleil paresseux de septembre chauffant ses paupières closes, il finit cependant par sombrer… avant d'être réveillé en sursaut par la sensation d'un souffle tiède sur son front. Immédiatement debout, le cœur battant, il balaya du regard le paysage en s'attardant longuement sur les moindres recoins pouvant faire office de cachette.

Toujours rien…

Il emballa finalement les restes de son repas, s'engagea sur le chemin du retour et continua de pêcher, perplexe : quel genre d'animal pouvait donc ainsi le suivre sans qu'il arrive à le repérer ?

En fin d'après-midi, l'étonnement de Victor alla croissant : lors d'une pause, assis sur une souche, il s'imagina qu'un reflet vert, dans l'eau, le dévisageait. À cet instant, il fut pris d'une sorte de vertige, léger et agréable. Ses pensées s'embrouillèrent, il en perdit totalement le fil et crut même entendre, loin à travers les limbes de son esprit embrumé, une voix lui murmurer : « Ne t'inquiète pas. »

Je deviens complètement fou, songea Victor, je vais bientôt pouvoir tenir compagnie à tata Glinglin.

Le vieil homme, un peu las désormais, pressa le pas pour rentrer chez lui. Il avait hâte de retrouver sa chaumière et son intérieur rassurant. En franchissant la porte basse et étroite qui en constituait la seule entrée il poussa un gros soupir et, les idées plus claires, se dit qu'un bon repas et une nuit de sommeil chasseraient définitivement ces hallucinations ridicules.

Le lendemain, les yeux encore mi-clos, il prépara son café et le fit déborder, comme d'habitude, avant d'aller déterrer quelques vers. Ceux-ci abondaient et il suffisait de deux ou trois coups de bêche pour trouver de quoi remplir la boîte à appâts. Il détestait ces lombrics gluants qui se tortillaient nerveusement entre ses doigts, mais les truites, elles, en raffolaient. Il glissa ensuite son déjeuner dans une sacoche en cuir qu'il portait à la taille pour garder ses mains libres, prit le reste de son matériel et sortit. Il ne lui fallut pas plus d'un quart d'heure pour comprendre qu'aujourd'hui encore, quelque chose d'anormal se tramait. Cette fois-ci, aucun doute possible, le chant des oiseaux avait un *je-ne-sais-quoi* d'inhabituel, des modulations différentes, à la complexité étonnante. Même les cris éraillés des corbeaux paraissaient moins désagréables.

Comme la veille, il fut pris d'étourdissements légers en même temps que des phénomènes inexplicables se produisaient. Vers midi, c'est un chêne d'apparence robuste qui plia comme un quelconque roseau. Plus tard, la ligne d'horizon se brisa tandis qu'un morceau de ciel bleu vibrait quelques instants, tel un carré d'azur troublé par la chaleur d'une flamme géante et invisible. Mais c'est en fin de journée que l'évènement le plus marquant se produisit. Alors qu'il s'apprêtait à remballer son matériel, il vit soudain, très nettement, une ombre immense passer sur l'eau.

Il en était désormais convaincu, il n'était pas seul. Une présence mystérieuse l'accompagnait. Au même moment, et de façon tout à fait inattendue, un sentiment de plénitude l'envahit. Sans qu'il en comprenne la raison, Victor se sentait bien… et même très bien… très détendu…

L'air fraîchissait, mais le vieil homme, au lieu de rentrer chez lui, s'assit sur un monticule de tourbe et se mit à chantonner d'une voix douce :

« Montre-toi, montre-toi, ne crains rien, montre-toi, n'aie pas peur… »

La vallée lui renvoya l'écho de ses propres paroles et le silence du jour finissant, à peine troublé par les hululements d'une chouette toute proche, redevint bientôt son unique compagnon.

« Montre-toi, montre-toi, désormais… »

Tout en continuant sa mélopée, il alluma sa pipe et en tira de longues bouffées apaisantes.

« Montre-toi… »

La fumée qui s'échappait de ses lèvres dessinait dans l'air des arabesques que la brise tiède éparpillait aussitôt. Absorbé dans leur contemplation, Victor ne se rendit pas immédiatement compte que, de l'autre côté de la rivière, un énorme rocher venait imperceptiblement de bouger.

Victor se tut et se leva lentement.

Deux grands yeux noirs en amande flottaient à quelques mètres du sol… Puis deux petites cornes au bout arrondi se dessinèrent dans le ciel assombri et se posèrent, comme par inadvertance, sur un front immense. Un long cou émergea ensuite lentement du néant et, progressivement, ce fut le corps tout entier d'un dragon gigantesque qui se révéla à Victor, stupéfait.

Pendant un moment la créature disparut en partie, apparut et disparut de nouveau, comme timide, hésitant à se montrer… Mais bientôt elle se dévoila tout entière, en majesté. Une vague de couleurs la parcourut de la tête aux pattes et elle laissa admirer les reflets irisés mauves, cyan, émeraude de ses milliers d'écailles. Son apparence changeait sans cesse, elle se couvrait de teintes magnifiques variant au gré d'ondes régulières qui transformaient son corps gracieux : la palette du peintre le plus doué n'aurait pas suffi à en reproduire toutes les nuances.

Le vieil homme fumant sa pipe et ce dragon fantastique s'observèrent de part et d'autre de la rivière indifférente, jusqu'à la fin du jour. Puis, lorsqu'une lune discrète se leva derrière l'horizon, le dragon devint lumineux. Il irradiait de mille feux et Victor put continuer de l'admirer dans l'obscurité naissante jusqu'à ce qu'il s'éloigne lentement, à reculons. Il ne quitta pas Victor du regard et s'évanouit finalement dans la nature, à contre-cœur.

Le pêcheur recouvra ses esprits peu à peu comme on retrouve malgré soi le monde terne de la réalité après un songe. Il se rendit compte, tandis qu'elle s'estompait, qu'une légère migraine l'avait plongé dans une sorte de transe fiévreuse et douce pendant toute la rencontre.

Il répéta ce soir-là les gestes dont il avait l'habitude sans prêter attention un seul instant à ce qu'il faisait : vider les poissons, les saler, préparer le dîner puis une tisane, se déshabiller… L'image de cette créature scintillant dans la lande endormie ne le quittait plus. Et lorsqu'il se glissa enfin entre ses draps frais, ses dernières pensées furent pour elle.

2. Un samedi à Lewiston

Le lendemain était jour de marché à Lewiston. Comme chaque samedi, Victor allait y vendre ses plus belles prises et y faire quelques achats pour la semaine.

Il ne s'encombra pas d'un manteau, le temps était de nouveau radieux ce matin-là. Il partit bras nus à l'instant même où le soleil apparaissait derrière la chaîne de montagnes qui barrait l'horizon. Après avoir descendu le sentier pentu qui menait à la rivière, il prit à droite pour rejoindre, à environ un kilomètre, le pont qui permettait de passer sur l'autre rive. Une fois le cours d'eau franchi, il s'engagea sur un chemin qui montait doucement à flanc de vallée. Il aurait pu gagner du temps en coupant à travers champs, mais il préférait éviter de déranger les vaches qui y paissaient nonchalamment. De temps en temps, une tête de brebis curieuse, toute noire, surgissait des hautes herbes avant de disparaître aussitôt.

Victor allait de son pas lent et régulier. Pour la première fois depuis très longtemps, le fantôme d'Iseabel ne l'accompagnait pas sur ce chemin qu'ils avaient emprunté autrefois main dans la main. Son esprit était accaparé par la rencontre qu'il avait faite la veille. Sans même en avoir conscience, il cherchait autour de lui quelques signes de la présence de ce merveilleux dragon.

Il songea qu'il ne savait pas grand-chose de ces créatures, hormis ce que les légendes et les rumeurs en disaient : des monstres de brutalité, dangereux à l'extrême, que tout héros digne de ce nom se devait de terrasser, soit pour sauver une princesse, soit pour récupérer un trésor, parfois même les deux. Les récits de villages entiers rasés par leur fureur incendiaire faisaient trembler les enfants dans leur lit. Celui qu'il avait croisé n'avait pourtant pas l'air bien méchant…

Tout à ses réflexions, Victor atteignit rapidement l'entrée de Lewiston. Un rouge-gorge l'y attendait en équilibre sur une branche basse. Mécontent de cette intrusion sur son territoire et sûr de son bon droit, il piaillait et gonflait son plumage pour paraître trois fois plus gros qu'il ne l'était en réalité. Il attendit de toucher le bout du nez de Victor pour se résigner à s'envoler, vaincu par cette grande bête à deux pattes qui avait continué son chemin, imperturbable.

Malgré l'isolement de sa chaumière dans la vallée, Victor connaissait quasiment tout le monde à Lewiston et il ne manquait pas de prendre des nouvelles de chaque habitant qu'il y croisait. Comment allaient la famille, le travail, la santé ? Les banalités d'usage. Mais ce jour-là, Victor, rêveur, paraissait moins enclin que d'habitude à engager la conversation. Il fila distraitement vers la place du marché sans rendre quelques saluts amicaux, dont celui de Mrs Rogart qui poussa ostensiblement un soupir désapprobateur. Il installa son étal et y disposa une dizaine de truites. Lorsqu'un client lui demandait comment il allait, il répondait, la tête ailleurs que la semaine avait été paisible, le temps clément et la pêche abondante. Et il ajoutait machinalement : « Que souhaiter de plus ? »

Même le farfelu Sir Mickaël n'avait pu l'arracher à ses pensées, et pourtant Sir Mickaël ne laissait pas indifférent. On le voyait et l'entendait venir de loin, avec son armure clinquante, un assemblage hétéroclite de cuir et de métal qu'il ne quittait jamais, surtout pas pour faire ses courses. Un chevalier de bric et de broc, tout maigre et tout en longueur. « Toujours prêt », disait-il ou plutôt, déclamait-il régulièrement. Il tenait dans sa main un panier à provisions et dans l'autre une lance immense au bout émoussé. Son casque cabossé et mal ajusté lui tombait sur les yeux. Il le relevait d'un geste théâtral dès qu'il croisait un nouvel interlocuteur.

« Comment allez-vous mon brave à cette heure sublime où l'aube touche de ses doigts de rose notre si ravissante cité ? »

Sir Mickaël avait de ces formules alambiquées et souvent incompréhensibles qui faisaient sa réputation. Il racontait à l'envi son histoire, qu'il était le descendant d'une longue lignée de combattants impitoyables et farouches dont la mission était de protéger l'Écosse, ses villages, ses terres, ses habitants. Les prévenir de quels dangers exactement ? On ne savait pas, cela restait flou, elliptique, des envahisseurs en tout genre probablement… Sir Mickaël goûtait peu les questions trop précises qu'il considérait par principe comme une remise en cause de ses indéniables qualités de guerrier.

Victor oublia de répondre et servit le chevalier de Lewiston sans y prêter attention. Vexé par cet humble pêcheur peu déférent envers sa noble personne, Sir Mickaël quitta le marché dans un bruit de ferraille, la démarche raide et le torse bombé. Il y avait quelque chose dans son attitude qui rappelait le rouge-gorge courroucé du matin.

Victor emballa son dernier poisson à midi ; il lui restait à faire quelques courses et il pourrait se rendre au *Blackbird*, l'incontournable et unique taverne du village. C'était une gargote traversée par les courants d'air été comme hiver, au sein de laquelle flambait continuellement un feu qui réchauffait les cœurs brisés et les bergers transis. Elle dominait le village et semblait toujours sur le point de dégringoler la pente, surtout les soirs de tempête, lorsque les rafales faisaient siffler ses planches de bois et tournoyer le mince filet de fumée qui s'échappait de sa cheminée. La bâtisse s'accrochait pourtant vaillamment depuis des siècles : à en croire les gens du coin, elle était plus vieille que les volcans éteints de l'île de Skye. Le chemin tourbeux qui y menait grimpait dans la lande et se terminait par une volée de marches si glissantes qu'elles dissuadaient souvent les étrangers de passage de s'aventurer plus avant. Passé la lourde porte, l'atmosphère était pourtant accueillante ; les vents furieux et glacés des collines restaient sur le seuil, à jamais privés de la lumière mordorée et de la chaleur du *Blackbird*.

Le patron officiait de l'aube au milieu de la nuit, remplissant sans cesse des pintes de bière crémeuses et servant des whiskies rares et ambrés. Il quittait peu l'abri de son comptoir et l'on entendait rarement le son de sa voix. Walter ne parlait pas, mais il écoutait attentivement. Il était d'ailleurs devenu, malgré lui, le confident de tous les habitants de ce coin d'Écosse. Les commères, parmi lesquelles Mrs Rogart faisait office de championne et de cheffe incontestée, rêvaient de lui extorquer quelques-uns de ses secrets… C'était sans espoir. Il eût été plus facile d'arracher une confidence à la pierre qui surplombait le pub, ce que certains, parmi les plus assidus au comptoir, tentaient d'ailleurs régulièrement de faire en fin de soirée.

Victor était devenu, au fil des années, l'un des vétérans du *Blackbird*. Il y avait ses habitudes et en connaissait tous les clients. Il prenait plaisir à les regarder jouer aux fléchettes et aux cartes, mais ne participait jamais. Il profitait de ces heures d'oisiveté, jusqu'à ce que le besoin de solitude et l'envie de retrouver l'odeur de sa chaumière ne lui fassent finalement quitter la joyeuse agitation de la taverne. Aux bateaux ivres, Victor préférait les foyers immobiles.

Ce samedi, Victor s'installa à une table occupée par deux de ses amis : John MacNeil, Johnny, qui répondait invariablement « je ne sais pas » à toutes les questions que l'on pouvait lui poser, qui semblait résolu à ne jamais rien savoir, à ne jamais rien comprendre, ce qui le rendait aussi sympathique qu'indispensable, et Peter Kilmartin, seul médecin du coin. Le docteur Kilmartin était atteint d'une maladie étonnante qui provoquait chez lui des endormissements soudains, imprévisibles et incontrôlables, particulièrement l'après-midi. Aucun remède connu ne pouvait le guérir et il avait donc appris à composer avec ce mal surprenant, tout comme ses amis et ses patients. La légende voulait que personne ne tombe jamais malade à Lewiston et qu'un médecin ne servît à rien, ce qui était faux. L'automne enrhumait les enfants et l'hiver réveillait les rhumatismes comme partout ailleurs, mais il est vrai que Peter n'était jamais débordé. C'est en arrachant les dents gâtées qu'il gagnait surtout sa vie : son geste était sûr et rapide, et il ne s'assoupissait jamais pendant une opération. Cela aussi restait inexplicable. Malgré tout, par prudence, il ne prenait ses rendez-vous que le matin et ne travaillait après le déjeuner qu'en cas d'urgence, rarissime. On savait alors où le trouver.

« Quoi de nouveau cette semaine Peter ?

— Une naissance. Une belle petite…

— La fille des Thorburn ?

— Eh oui. »

Peter souriait et commençait à cligner des yeux, difficile de tenir une longue conversation avec lui à cette heure de la journée. Au demeurant, cela convenait tout à fait à Victor et à Johnny, taiseux de nature. Ils sirotèrent donc leur bière lentement en regardant Tata Glinglin, qui, assise au fond de la salle, conversait avec un interlocuteur invisible. Entre autres talents, elle savait communiquer avec tout ce que l'Écosse comptait de fantômes, ectoplasmes, démons, esprits malveillants et âmes damnées, ce qui remplissait bien ses journées. Une majorité d'habitants de Lewiston la considéraient comme une personne complètement folle. Les mêmes allaient pourtant la consulter en secret : les paysans, les amoureux transis, les bergers, les commerçants, Mrs Rogart et ses amies, les jeunes mariés, les célibataires endurcis ou désespérés, les mamans et les marins avaient tous une bonne raison de se rendre discrètement chez tata Glinglin. Lorsqu'elle n'était pas occupée à quelques activités incompréhensibles pour le commun des mortels, elle ne refusait d'ailleurs jamais de tirer les cartes ou d'interpréter quelques signes mystérieux dans le marc de café pour ses voisins superstitieux. Ses connaissances sur les sujets les plus extravagants semblaient illimitées, mais elle se révélait aussi étonnamment savante sur des thèmes plus sérieux. Même le docteur Peter Kilmartin reconnaissait en tata Glinglin une grande spécialiste des propriétés médicinales des plantes, ce qui aurait pu en faire une pharmacienne tout à fait respectable si elle n'avait pas été aussi dérangée.

Pour l'heure, il semblait difficile de lui accorder le moindre crédit. Sa discussion s'était animée, elle s'était levée et commençait à invectiver avec beaucoup de virulence son interlocuteur imaginaire, le regard dément, un œil tournant dans son orbite comme une toupie, l'autre fixe et brillant de colère. Elle postillonnait et poussait des cris outrés, des couinements presque animaux. Dans un même élan, elle se leva soudain, brisa sa tasse, balança un coup de pied formidable dans son tabouret et se précipita dehors…

Le calme revenu, Walter alla essuyer le thé renversé sur la table. Il était habitué à ses excentricités et savait qu'elle finirait toujours, quoi qu'il arrive, par régler ses consommations. Johnny, apathique, avait observé la scène jusqu'au bout d'un œil morne pendant que Peter ronflait. Victor, lui, était de nouveau plongé dans ses pensées.

Il songeait qu'il n'avait pas raconté à ses amis, en qui il avait pourtant une confiance absolue, son étonnante rencontre. Il s'en trouva lui-même étonné. Avait-il peur de ne pas être cru ? Ou un sentiment plus ambigu et plus inavouable l'empêchait-il de partager ce moment ? L'envie de garder ce souvenir pour lui tout seul, *jalousement* ?

Il s'en voulait un peu de cette cachotterie, mais garda le silence malgré tout. Il s'étira et réprima un bâillement.

Il s'apprêtait à se lever pour prendre congé lorsque Peter, émergeant du sommeil, lui attrapa le poignet et le mit en garde :

« Méfie-toi Victor, la tempête arrive, on l'annonce redoutable cette nuit ! »

Après avoir salué à la cantonade et déposé quelques pièces sur le comptoir du *Blackbird*, Victor, rendu inquiet par l'avertissement du médecin ne s'attarda pas dans le village : déjà le vent forcissait sournoisement et des cumulus lourds de pluie contenue s'amoncelaient au nord.

3. Ma grand-mère et le conte

Tandis que le jour se couchait sur la lande violette et que l'ombre envahissait ma petite chambre d'hôtel à Lewiston, trois gouttes échappées d'un nuage solitaire et incongru glissèrent sur la fenêtre et donnèrent raison à ma grand-mère, qui répétait souvent que le soleil et la pluie vivaient en bonne entente dans ce pays.

Je pensai à elle, à la manière dont elle posait son tricot au crépuscule, presque solennellement, lorsqu'il était temps de reprendre son récit, et à son air sérieux qui contrastait avec le demi-sourire et le clin d'œil entendu de mon papy.

Tous les soirs, sans exception, elle se transformait en conteuse et rien ne pouvait la détourner de sa tâche, ni l'ironie distanciée de son mari ni les remarques acerbes de mes parents. Et moi, son public captif et attentif, je buvais ses paroles.

Même lorsque l'adolescence, qui ne me fut pas douce, émoussa mon intérêt pour les plaisirs de l'esprit, je respectai le rituel. Cela surprenait un peu ma mère… Elle subissait à cette époque mes sautes d'humeur, mes impitoyables jugements et mes envies d'évasion à longueur de journée. Me découvrir si calme et si posé, à écouter ce qu'elle-même n'avait jamais cessé de considérer comme des fadaises, lui paraissait incompréhensible et, pour tout dire, l'agaçait. Depuis longtemps, elle ne voyait plus en ma grand-mère qu'une grabataire un peu dérangée, un peu encombrante, qu'il conviendrait de ranger bientôt à l'hospice.

Pauvre Mamy... Son histoire et les secrets qu'elle révèle, qui n'avaient jamais intéressé sa propre fille, auraient probablement été oubliés si je n'en avais été le précieux dépositaire. Je regrettai de ne pas lui avoir posé plus de questions lorsqu'elle était encore là pour y répondre. J'en avais eu, pourtant, mille fois l'occasion, au cours de ces nombreuses heures passées en sa compagnie. Avait-elle vécu ici dans sa jeunesse ? Avions-nous des ancêtres écossais ? Je n'en savais rien. J'ignorais presque tout d'elle, le métier qu'elle exerçait avant d'être âgée, ses amitiés, ses voyages, tout.

J'acceptai son héritage sans en comprendre l'importance et construisis ma vie en fonction, sans même en avoir conscience.

4. La tempête

Bien que familier de la nature et de son langage, de la faune et de la flore, Victor se révélait étonnamment peu doué pour les prévisions météorologiques. Aujourd'hui encore, il n'avait pas su déceler derrière le visage aimable de cette matinée ensoleillée les signes frustes d'une dégradation imminente.

Les paysans se trompaient rarement quant aux variations des humeurs du ciel sur les trois jours à venir. Leur travail était organisé en fonction, la bonne marche de leur ferme en dépendait. De même, la plupart des marins, dès leur plus jeune âge, acquéraient suffisamment d'expérience pour reconnaître sans coup férir les prémices d'un coup de vent, voire d'une belle brise, alors même qu'un non initié aurait juré la main sur le cœur que rien ne pourrait rider cette mer d'huile avant longtemps. Fort heureusement, les informations des uns et des autres circulaient rapidement au village et ses amis ne manquaient jamais d'alerter Victor dès que le mauvais temps s'annonçait.

Sur le chemin du retour, à mi-parcours, le soleil de fin d'après-midi disparut brutalement derrière d'immenses nuages en forme d'enclumes. Un inquiétant crépuscule succéda au jour sans transition et la température chuta d'un seul coup. Victor accéléra lorsque les premières gouttes glacées commencèrent à tomber, dessinant dans la rivière de larges cercles concentriques qui se recouvraient les uns les autres, comme si des centaines d'enfants y avaient lancé des cailloux, tous en même temps. La pluie qui perçait sans difficulté le feuillage d'automne fatigué se mit à cingler les joues du vieil homme, à tremper sa barbe, à glisser dans son cou. Le sentier abrupt qui menait à la maison s'était transformé en piste de gadoue et il eut toutes les peines du monde à le gravir. Les pauvres sandales qu'il avait négligemment chaussées le matin même ne cessaient de glisser, l'obligeant à s'agripper aux branchages pour pouvoir avancer, et il atteignit finalement la porte de sa chaumière à quatre pattes après avoir perdu l'équilibre plusieurs fois.

Il n'eut pas le loisir de se reposer ou de se changer immédiatement. Ce n'était pas la première fois, tant s'en fallait, que sa chaumière affronterait le gros temps. Elle était taillée pour résister aux bourrasques les plus fortes et aux trombes d'eau, avec ses murs en pierre bas et épais et sa charpente robuste, mais il savait d'expérience qu'il devait quand même en renforcer sans tarder les parties les plus vulnérables, sous peine de voir le vent rageur provoquer des dégâts irréparables.

Il alla donc chercher les planches conservées à cet effet dans la remise attenante, évitant de justesse une branche qu'une rafale particulièrement violente avait transformée en dangereux projectile, et les cloua par-dessus les volets fermés. Puis il rentra son matériel de pêche, qu'il avait mis à sécher dehors, et quelques bûches. Il barricada enfin la porte de l'intérieur et se calfeutra, pour ne plus ressortir cette fois-ci avant que le déluge n'ait cessé.

Le feu alimenté par du bois sec n'eut aucun mal à prendre. Bientôt le crépitement des flammes fit écho au *tacatac* sourd de la grêle s'abattant sur le chaume. Victor s'assit dans son large fauteuil défoncé qui occupait la moitié du salon et reposa ses jambes fourbues. La chaleur de l'âtre l'engourdissait corps et âme. Perdu dans un demi-sommeil, il pensa de nouveau à cet incroyable dragon… Où pouvait-il s'abriter, seul dans la nuit déchaînée ? Avait-il, lui aussi, une sorte de foyer ? Un refuge ? Une grotte ? Il aurait dû en parler à ses amis ; il faudrait bien qu'il leur raconte cette histoire un jour ou l'autre.

La chaumière tremblait de partout, assaillie par la tempête qui redoublait d'intensité. Victor, confortablement installé, emmitouflé dans une couverture en laine, continuait de divaguer…

Tata Glinglin, quel numéro n'avait-elle pas encore fait aujourd'hui ! Peter ne semblait même pas l'avoir remarqué. Et Sir Mickaël ! Lui avait-il rendu son salut tout à l'heure ? Il en douta soudain. Il vaudrait mieux que ce preux chevalier ne rencontre pas *son* dragon, il se sentirait obligé de le pourfendre et se blesserait à coup sûr. Un dragon près de Lewiston… sa présence ne passerait pas inaperçue très longtemps. S'il avait pu le voir, d'autres le verraient également : un berger, un chasseur, un passant, n'importe qui…

L'esprit de Victor filait désormais à toute vitesse sur l'écume des choses. Les images se succédaient, se juxtaposaient, se télescopaient sans logique apparente.

Il n'avait pas vu Mrs Rogart aujourd'hui, étonnant… quelle vieille peau celle-là… quelle veille peau...

Les vagues de couleur parcourant le cuir du dragon… les écailles… la couleur des écailles ! Vertes et jaunes au milieu des fougères, bleues sur fond d'azur, et voilà la créature fondue dans le décor ! Les milliers de sequins prenaient la teinte de leur environnement. Quel mimétisme ! Le dragon ne surgissait pas du néant : il était juste caché, très habilement caché. Il n'avait pas disparu, il ne s'était pas volatilisé.

Volatilisé… Iseabel lui sourit. Ses jolies fossettes… puis son corps… une simple étoffe colorée ceinturait son ventre arrondi et tendu. Le sourire d'Iseabel se tordit un peu, se transforma en grimace… puis en cri silencieux… désespéré…

Victor eut l'impression de chuter dans le vide. Dans un dernier sursaut de conscience, il obligea son âme à voguer vers des souvenirs plus doux, qui l'accompagneraient jusqu'aux portes du sommeil.

Alors il longea la rivière. D'un bond, une belle fario goba une sauterelle imprudente ; une loutre s'enfuit, vive et souple, juste devant lui. Un carré d'herbe sèche crissa sous ses pieds et un courant d'air chatouilla sa nuque. Le visage d'Iseabel apparut de nouveau, furtivement, calme et détendu ; élégante ondine. Il crut voir bouger un rocher et s'endormit enfin.

Dehors, la nuit déchaînée hurlait et tourbillonnait, des grêlons gros comme le poing criblaient les arbres, criblaient les murs, mitraille dans un champ de bataille démentiel. Profondément endormi, Victor n'entendit ni la foudre s'abattre ni l'énorme craquement de l'arbre qui s'effondrait.

Aux premières lueurs du jour, Victor, après avoir essuyé le café qu'il avait répandu sur le sol, sortit pour admirer le ciel de traîne, rose et apaisé. Il inspira l'air vif à pleins poumons, debout sur le seuil, huma l'odeur de tourbe humide laissée par l'orage. Puis rentra sans rien remarquer de particulier.

Le dimanche était une journée banale, sans repos pour le vieux pêcheur, sans répit pour les truites. Il prépara donc ses affaires comme d'habitude. Avant de partir, il retira les planches qui obstruaient la fenêtre et alla les remettre à leur place. Jusqu'à la prochaine fois, se dit-il. En revenant de l'appentis, il jeta un regard à sa petite chaumière.

Et l'angoisse le paralysa.

Pendant quelques secondes, il retint son souffle, comme si le simple fait de respirer pouvait remettre en cause l'équilibre précaire de l'édifice gigantesque qui surplombait sa maison. Un tronc énorme, retenu à deux mètres, à un mètre peut-être de la toiture par les branches d'un arbre plus solide qui avait réussi à résister à ce poids mort, menaçait de tout écraser. La situation était critique. Cet échafaudage branlant ne tiendrait pas indéfiniment, sa chaumière pouvait être détruite à tout instant.

Victor savait qu'il avait besoin d'aide, et vite.

Il s'habilla à toute allure, rongé par l'inquiétude, et fila au pas de course. Il n'hésita pas. Il savait où aller. Il connaissait celui qui pourrait lui prêter main-forte. Encore fallait-il qu'il fût chez lui et surtout, d'humeur conciliante, ce qui était rare…

5. Big Jack

Big Jack avait deux passions : la cornemuse et la chasse aux intrus.

Il considérait que l'ensemble du territoire situé entre son manoir de pierre et tout autre château, ferme ou simple cabanon, lui appartenait, ce qui posait un problème très particulier : ce manoir dressait ses tourelles inquiétantes au beau milieu d'un haut plateau totalement désertique, de sorte que Big Jack pensait être le propriétaire d'un domaine qui s'étendait jusqu'à l'horizon, et ce, dans toutes les directions.

Le terrain préempté devait représenter à peu près un quart de l'Écosse.

Bien entendu cette situation ne reposait sur aucun fondement légal. Mais ceux qui avaient tenté de le lui rappeler, documents juridiques très officiels à l'appui, gisaient en paix dans le cimetière attenant, dont les tombes de guingois étaient entretenues avec soin par l'épouse de Big Jack, une femme charmante et très douée pour tricoter des couvertures en *patchwork*.

Jack Duncan, de son vrai nom, était un ogre. Il pesait près de cent cinquante kilos et mesurait dans les deux mètres et dix centimètres, chevelure hirsute non incluse. Il passait ses journées à couper et à charrier du bois pour alimenter les trois immenses cheminées du manoir et à chasser tout ce qui était comestible, ou non.

Big Jack était d'humeur inconstante. Enfin, c'est ainsi que le docteur Peter Kilmartin décrivait son tempérament. Walter le qualifiait plus volontiers de « soupe au lait ». En réalité, il était franchement caractériel, impulsif, irascible, paranoïaque, un peu sourd, myope et tout cela combiné le rendait très dangereux. En général, le plus sûr était de ne pas croiser son chemin, surtout s'il avait son fusil ou sa hache à portée de main.

Le seul objet avec lequel il n'aurait jamais cogné personne était sa cornemuse, qu'il vénérait et dont il jouait comme un dieu. Il fallait le voir et l'entendre, en kilt, superbe et sauvage, au milieu de cette nature vierge qui lui appartenait tout entière, soufflant dans son instrument magique dont sortaient des mélodies si belles, si déchirantes, que le vent se faisait un devoir de les porter loin, au-delà du royaume de Big Jack, vers les mers et les montagnes de pays inconnus.

En de rares occasions, s'il était rassasié de vin, de gibier et de musique, et s'il vous connaissait, il pouvait vous proposer une tasse de thé. Décliner l'invitation était déconseillé. Vous pénétriez alors dans une demeure aussi chaleureuse à l'intérieur qu'elle paraissait lugubre à l'extérieur. Une odeur de bois et de châtaigne vous accueillait dès le seuil franchi, et ne vous quittait plus, venant parfois se mêler à quelques effluves d'un whisky subtilement fruité dont la rumeur voulait qu'il fût distillé à la cave. Les tapis épais recouvraient des parquets centenaires. Les murs étaient ornés de tentures lourdes et de peintures anciennes. Des bibliothèques gigantesques abritaient des milliers d'ouvrages que l'on pouvait feuilleter dans un des fauteuils de cuir installés un peu partout. Chacun de ces fauteuils aurait pu accueillir plusieurs Big Jack et il était difficile, une fois confortablement installé, de s'en extraire. Disposés çà et là sur leur table basse, des jeux d'échecs attendaient que les joueurs concentrés viennent pousser leurs cavaliers agiles et leurs tours indestructibles. Et, toujours, la présence discrète de Mme Duncan, toute frêle et délicatement parfumée, rassurait le visiteur inquiet des réactions imprévisibles de son mari.

On était bien chez Big Jack. Victor avait eu la chance d'y passer de longs et bons moments. Et même s'il avait échappé de peu, un jour, à une salve de chevrotines tirée dans sa direction à tout hasard, il était de ceux qui pouvaient se balader dans le coin relativement sereinement et que Jack considérait comme un ami.

Aujourd'hui, Victor comptait beaucoup sur cette amitié.

Il repéra le maître des lieux près d'un bosquet, en train d'élaguer un arbre mort. La tempête qui avait sévi cette nuit avait également fait des dégâts importants ici.

Victor s'approcha prudemment, en s'assurant que le fusil de Big Jack ne se trouvait pas à portée de main et l'apostropha amicalement :

« Holà, Jacky, c'est Victor ! »

Le géant se retourna vers l'opportun qui le dérangeait dans son travail. Sa silhouette se dressait à contre-jour : l'énorme hache qui pendait à son bras semblait être le prolongement naturel de son corps et lui donnait l'allure d'un barbare monstrueux prêt à en découdre avec le premier venu.

Et le premier venu, c'était Victor.

En quelques pas, il se retrouva près de son interlocuteur sur lequel il grogna, menaçant. Lorsqu'un nuage masqua brièvement le soleil éblouissant, Victor put voir son visage marqué par l'effort. Big Jack transpirait abondamment, son souffle était court et rauque.

Il fulminait.

Puis son expression changea soudainement. La colère fit place à l'étonnement, d'un coup.

Victor comprit avec soulagement que Jack Duncan venait de le reconnaître.

« Holà Jacky ! répéta-t-il.

— Holà, Vic', salua en retour Jacky, de sa voix de stentor, qu'est-ce qui t'amène par ici ? »

Victor ne s'attarda pas sur les détails, il décrivit la situation à toute allure, insistant sur l'imminence du péril qui menaçait sa demeure et sur le besoin d'aide urgent qui motivait sa venue.

Big Jack poussa un soupir résigné. Il avait énormément de boulot… Ça tombait mal, vraiment, cela ne l'arrangeait pas… enfin, il n'avait pas le choix n'est-ce pas. Il marmonna ces derniers mots dans sa barbe.

Il acceptait d'aider Victor, mais refusait tout net de partir sur-le-champ. Il n'était pas question de s'attaquer à un tel travail le ventre vide ; d'ailleurs, il commençait à avoir faim depuis un bon moment. C'est ainsi que le pauvre Victor, dont l'inquiétude augmentait au fur et à mesure que le temps passait, imaginant le pire, se retrouva en fin de matinée assis devant un rôti de sanglier gigantesque, accompagné de patates au four et nappé d'une sauce aux airelles dont Mme Duncan détenait le secret.

Peu habitué à ce genre de petit déjeuner et l'appétit coupé par l'angoisse, il eut toutes les peines du monde à faire honneur à son hôte. À son grand désarroi, le plat fut suivi d'un dessert, tout aussi imposant, qu'il n'arriva même pas à goûter. Il accepta en revanche avec plaisir le café qui marquait la fin de cet interminable repas.

« Nous allons avoir besoin de cordes et d'une échelle pour régler ton problème », déclara Jacky en se levant de table.

Le matériel nécessaire était assez encombrant, Big Jack décida de le charger dans une carriole qu'il attela au plus costaud, mais également au plus têtu de ses ânes, Griffon. L'animal était suffisamment courageux ou téméraire pour résister aux ordres de son maître et plus d'une fois Jacky s'était juré de le transformer en saucisson sans jamais s'y résoudre : Griffon lui était indispensable pour tracter ou porter de lourdes charges, et au fond, cette bête avait un peu son caractère, il l'aimait bien malgré tout.

Les préparatifs terminés, l'équipage partit enfin. Jacky menait fermement Griffon par le licol et râlait. L'âne, en revanche, profitait de cette balade improvisée et s'avérait particulièrement docile. La charrette bringuebalait dans la lande écossaise. Au-dessus de leurs têtes, les moucherons volaient bas et se faisaient avaler par des oiseaux acrobates étincelants dans la lumière d'automne.

Ils allaient bon train et la vallée fut bientôt en vue. Encore quelques minutes et ils seraient en bas du sentier qui menait chez Victor. Le plus difficile resterait alors à faire : monter le matériel, encorder le tronc pour l'assurer et éviter qu'il ne continue à s'écrouler, puis le faire basculer d'un côté ou de l'autre de la maison. La manœuvre serait périlleuse.

À cet instant, une seule pensée occupait tout entier Victor : que deviendrait-il si l'arbre avait fini par tomber, si la chaumière était écrasée ? Une angoisse terrible l'étreignait… Rien ne lui importait plus désormais que de retrouver son logis intact, de savoir qu'il pourrait encore y préparer ses poissons, s'y reposer, y vivre en paix…

Il aurait voulu courir pour voir, pour mettre fin à ce doute terrible, mais dans le même temps, mû par un sombre pressentiment, il ralentissait imperceptiblement le pas, comme s'il voulait profiter encore un instant de ce moment d'incertitude, de ce moment d'éternité fragile où le pire est incertain et l'espoir encore permis.

Big Jack le précédait d'une centaine de mètres.

Soudain Victor le vit revenir à grandes enjambées vers lui, tout rouge et l'air si furieux qu'il semblait au bord de l'explosion.

Quelque chose s'était passé.

Quelque chose qu'il n'allait pas pouvoir expliquer de sitôt.

« Qu'est-ce que c'est que cette plaisanterie Victor ! Nom d'une pipe, qu'est-ce que c'est que cette mauvaise blague ? »

Derrière la silhouette imposante qui lui hurlait dessus en postillonnant, Victor pouvait apercevoir sa chaumière, debout, pimpante, absolument intacte et définitivement hors de danger.

« Tu crois vraiment que j'ai du temps à perdre Victor ? »

Au-dessus de la toiture ne restait qu'une trouée de ciel bleu. Rien, plus rien, pas même une branchette, ne la menaçait.

« Victor ! »

Victor contourna tout doucement son compagnon et s'avança sur le chemin. Le tronc déraciné était couché près de la remise, prêt à être débité en bûches.

Il se retourna vers son ami, confus. Il voulait s'excuser et le remercier.

Mais Big Jack avait déjà rebroussé chemin. Il lui restait à faire le même parcours, en sens inverse, de nuit. Rien n'aurait pu le mettre de plus mauvaise humeur. L'écho de sa voix énorme roulait dans la vallée : il pestait contre Griffon, contre Victor, cet affabulateur, contre cette fichue tempête, il avait faim, il en avait marre, s'il croisait la route de quelqu'un, n'importe qui, il le boufferait.

Victor s'assit sur le seuil, pesamment. Il était soulagé, certes, mais également stupéfait devant un tel miracle. Le menton posé sur ses mains croisées, il réfléchit. Il tenta d'organiser ses idées, mais l'émotion, ou la fatigue, ou les deux, lui faisaient tourner la tête. Un léger étourdissement le saisit. Il se sentit soudain très calme… et très serein. Tout cela n'était finalement pas si étrange. Il fallait profiter de cette belle soirée désormais. Et demain, tout irait pour le mieux, la pêche allait être bonne…

Il crut entendre une musique qui parvenait de la rivière, il tendit l'oreille. Un chant envoûtant, rassurant résonnait dans le sous-bois, ou était-ce uniquement dans sa tête ? Victor sourit béatement…

Oui, tout irait bien…

6. La braderie

L'histoire du sauvetage miraculeux de la maison de Victor s'était propagée comme une traînée de poudre dans tous les foyers de Lewiston et alimentait les discussions au pub, dans la salle d'attente du médecin, chez les commerçants, dans la rue, partout.

Mrs Rogart était aux anges. Un mois après, ce récit l'occupait encore toute la journée.

Personne ne croyait à la version du vieux pêcheur et chacun se perdait en conjectures sur la santé mentale de Victor, le pauvre, il avait tellement souffert, cette histoire qui le hantait depuis si longtemps, vivre une telle tragédie, un grand amour qui disparaît ainsi, pas étonnant qu'il ait perdu pied.

On compatissait.

Même ceux qui n'en mangeaient jamais allaient lui acheter des poissons. Pour le voir. De semaine en semaine, on s'interrogeait. Avait-il changé ? Non il n'avait pas changé, toujours ce beau visage, un peu triste. Peut-être les traits plus creusés que d'habitude, avançait Mrs Rogart, qui n'avait jamais cuisiné autant de truites de toute sa vie.

Quand Victor entrait dans le *Blackbird*, le brouhaha cessait quelques instants. Tout le monde pensait que le vieux pêcheur perdait la tête, à l'exception de ses camarades, indifférents à ces ragots.

Ce premier samedi de novembre, le pub était plein à craquer. Ça caquetait, rouspétait, rigolait, négociait, palabrait, complotait, ça se disputait et se réconciliait dans un vacarme assourdissant. Dans un coin sombre, tata Glinglin écoutait patiemment une princesse translucide soucieuse de maintenir les apparences, qui se répandait en récriminations contre la Mort imbécile et bornée. Enfin tout de même, tout cela était fort mal organisé, et cette histoire de Purgatoire, vraiment, elle ne comprenait pas pourquoi son rang ne la dispensait pas de ces heures perdues à attendre on ne sait quel jugement au milieu des gueux, sans parler de l'odeur…

Dès que tata Glinglin aperçut Victor, elle abandonna immédiatement son interlocutrice à ses désillusions et le fixa intensément. Son œil fou sautillait dans son orbite. Elle quitta brusquement le *Blackbird* et revint une demi-heure plus tard avec plusieurs kilos d'échalotes sous le bras qu'elle déversa sur sa table et ordonna :

« Tout autour de ta chaumière, tu découpes les échalotes en rondelles, tac, tac, tac, tu les disposes tout autour ! »

Victor ne comprenait rien.

« Tout autour, tac, tac, tac ! »

Il attendait la suite, un éclaircissement, quelque chose… Mais à la place, tata Glinglin hurla en moulinant des bras :

« Tac, tac, tac ! Il faut… »

Elle ne finit pas sa phrase et resta là, le doigt pointé en l'air au milieu du pub, avant de s'enfuir de nouveau.

Walter apporta un sac de jute pour y ranger les échalotes, en soupirant doucement. Ces esclandres, c'était beaucoup d'agitation pour sa taverne, il ne voudrait pas effrayer les clients de passage, nombreux en ce week-end de fête. Car le village organisait le soir même sa grande braderie nocturne annuelle, une tradition en cette fin d'automne. L'occasion de vendre ou d'acheter quelques babioles, d'échanger quelques vieilleries. L'occasion, surtout, de boire, de manger et pour les plus courageux, les plus doués ou les plus jeunes, de guincher.

« Tu danseras ce soir ? demanda Victor à Johnny, qui rêvassait les deux coudes sur la table et le menton appuyé sur les paumes de sa main.

— Je ne sais pas. »

Victor allait poser la même question à Peter, mais celui-ci ronflait bruyamment, la tête enfouie dans ses bras. Il avait réussi une opération délicate le matin même. Une mère et son fils avaient marché deux jours depuis la côte pour faire soigner l'enfant dont une des molaires le faisait atrocement souffrir. Le bon docteur Kilmartin, fidèle à sa réputation, avait rapidement soulagé le pauvre garçon sans même devoir lui arracher la dent. Ayant remarqué les haillons de la maman, il avait refusé tout net d'être payé pour son intervention et, à sa demande, Walter leur avait concocté un repas à emporter pour le retour.

« Moi, j'aimerais danser ce soir. » Peter s'était réveillé et regardait devant lui, détendu, le regard un peu flou.

La fête battait son plein dans toutes les ruelles du village. Entre les tables improvisées des vendeurs, une simple planche jetée sur deux tréteaux, les meilleurs cuistots avaient installé leur cuisine ambulante. Maquereaux grillés, pièces de bœuf rôties, poulets braisés, épices et légumes embaumaient l'air.

Une scène avait été montée sur la place. Les musiciens s'y succédaient, enchaînant des airs guillerets : mais le public n'était pas encore au rendez-vous. Trop tôt. Il faudrait que la nuit tombe et que les flambeaux soient allumés pour que les premiers danseurs se lancent sur la piste. Et puis, tout le monde attendait l'évènement de l'année. Celui qui attirait les habitués et qui surprenait tant les étrangers. Si important qu'il aurait lieu après le feu d'artifice, en guise de bouquet final !

Pour l'heure, Victor flânait nonchalamment entre les étals, ne cherchant rien en particulier, mais attentif à tous les objets proposés. Il croisa Sir Mickaël, dont la lance cognait contre sa cuissarde et faisait un tintamarre de tous les diables. Après un bref moment d'hésitation, le chevalier de Lewiston l'aborda, théâtral :

« Oh pêcheur ! J'ai ouï dire que ta charmante maisonnette avait manqué de peu d'être écrasée… »

Il resta immobile, au garde-à-vous, espérant visiblement quelques détails, voire quelques explications, que Victor aurait bien été en peine de lui fournir.

Après un bref silence gêné, il toussota et conclut :

« Enfin, l'essentiel est que tout se termine pour le mieux, n'est-ce pas, les voies du destin, comme l'on dit… Vous savez, moi-même, fruit d'une longue lignée de héros valeureux, je pourrais vous en conter. Profitons de cette belle soirée… Nous nous recroiserons certainement ! »

Victor acquiesça en souriant poliment avant de poursuivre sa déambulation, son sac d'échalotes à la main. Il acheta de quoi grignoter et continua de chiner tranquillement jusqu'au crépuscule.

Lorsque les premiers pétards illuminèrent le ciel nocturne, la nostalgie, et bientôt la tristesse l'envahirent. Il eut la sensation que sa poitrine se rétrécissait, le brûlait, que sa respiration devenait difficile. Les larmes embuaient ses yeux mais ne voulaient pas couler. Elles restaient là, hésitantes, au bord du précipice. Les souvenirs affluaient malgré lui, de plus en plus précis, de plus en plus nombreux. Ce feu d'artifice lui en rappelait un autre, c'était un soir de printemps…

La tête rejetée en arrière et souriant aux anges, Iseabel admirait les corolles éclatantes qui se succédaient à un rythme infernal. Pfffiiiiit ! Un pétard s'élevait dans l'air dans un bruit strident, et révélait soudain trois fleurs orange qui disparaissaient en crépitant pour faire place à une énorme explosion tricolore. Puis un déluge de paillettes argentées fondait sur eux, déclenchant des « Ah ! » et des « Oh ! » de la part d'un public émerveillé mais un peu inquiet.

Victor, lui, s'intéressait peu à ces prouesses pyrotechniques. Il regardait la gorge brune d'Iseabel, ses épaules fines et carrées qui tendaient une chemise blanche, toute simple, dont les deux boutons du haut étaient défaits.

Et quand il avait senti sa main prendre la sienne, une main aux doigts fins et à la peau douce, que la rudesse des travaux de la mer n'avait pas abîmée, il en avait frissonné de joie.

Aujourd'hui, les pétarades artificielles qui agressaient le ciel faisaient souffrir Victor, encore et encore. Il n'entendait pas les applaudissements de la foule heureuse. La solitude l'étreignait.

Aussitôt le feu d'artifice achevé, toutes les torches furent éteintes, à l'exception de celles qui éclairaient la scène sur laquelle la fumée stagnait. Un nuage blanc semblait posé là, sans avoir l'intention d'en bouger. Plus on le scrutait, moins on voyait ce qu'il pouvait bien dissimuler. On croyait parfois deviner quelque chose, vagues ombres informes qui excitaient l'imagination mais disparaissaient aussitôt.

Plus un chuchotement.

Plus un toussotement.

Tout le monde attendait, immobile.

Et soudain, du rideau de fumée surgit un monstre, énorme, gigantesque, un démon mi-homme mi-cornemuse. Dans un silence absolu, les premières notes, puissantes, firent vibrer l'air frais.

Big Jack commença à jouer de son instrument, campé sur ses jambes arquées, la crinière au vent.

Une valse.

Un rugissement de bonheur accueillit la musique et les danseurs envahirent la piste. Un déluge de notes emplit le village, dévala les ravines et grimpa jusqu'en haut des collines. Un tempo diabolique fit virevolter les couples, lentement d'abord, puis de plus en plus vite.

Big Jack, impérial, jouait pour les dieux, pour l'éternité, pour les lochs et les glenns, pour les forêts d'Écosse et toutes les créatures qui y vivaient, y mouraient et s'y aimaient.

7. Mon grand-père et les *trois J*

Avant d'aborder la partie suivante du récit et de faire plus ample connaissance avec Iseabel, ma grand-mère faisait toujours une petite pause.

Par habitude, tradition, mais surtout par goût, mon grand-père la remplaçait alors pour me présenter les *trois J*. Il adorait ce passage. À ses yeux, seuls les méchants étaient vraiment intéressants et il jubilait lorsque ceux-ci triomphaient à la télé, dans les westerns par exemple… au grand désarroi de sa femme qui ne comprenait pas cette attirance pour les types détestables, malsains.

C'était ainsi… Ces trois hommes patibulaires qui bivouaquaient en rase campagne, c'était mon grand-père qui me les décrivait, jamais tout à fait de la même manière d'ailleurs ; il avait tendance à broder, à enjoliver, à rallonger la sauce. Mais, à chaque fois, je comprenais le danger que représentait ce trio. Il ne s'agissait pas de méchants ordinaires, le genre de gars violents mais stupides qui finissent toujours par tomber sur un shérif décontracté capable de les dégommer avec son « six coups », en continuant de plaisanter avec un adjoint prénommé Cooper.

Non.

Ces trois hommes, qui venaient de décharger leurs montures harassées, n'étaient pas des méchants ordinaires.

Ils étaient le Mal incarné.

Mon grand-père prenait sa voix la plus grave, et il commençait son récit. Il avait un débit lent :

« Pendant que leurs chevaux, dont les côtes saillantes faisaient peine à voir, paissaient l'herbe drue de la plaine, les trois compères fixaient le feu de camp d'un œil morne, sans un mot. Ils sentaient fort la sueur et le danger. Le plus âgé s'appelait James. Une large cicatrice lui barrait le front. Il était l'image même du bandit de grand chemin : costaud, sale, et terriblement inquiétant. On l'imaginait aisément capable de tous les mauvais coups, volant les pauvres gens, saccageant, trucidant au gré des circonstances, prêt à tout pour survivre. Répugnant. L'œil qui lui restait se posait parfois sur ses deux compagnons de route, deux frères qu'il avait embauchés six mois auparavant. Jewel, le plus frêle, semblait malade. Pâle et maigre, les yeux enfoncés dans leurs orbites sombres, il gardait ses bras croisés sur sa poitrine et se balançait tout doucement, d'avant en arrière, tel un cadavre devenu fou de n'avoir pu trouver le repos.

Son frangin n'était pas moins sinistre. De sa bouche édentée, ouverte en permanence, émergeait parfois une langue noire qu'il faisait claquer bruyamment contre son palais. Lui s'appelait Jordy. Sa violence et son sadisme n'avaient aucune limite. Il adorait son couteau et lui avait même donné un surnom : l'Étripeur.

Une pluie vicieuse faisait crépiter la fonte de la marmite encore brûlante. Dès les premières gouttes, Jewel et Jordy s'étaient enroulés dans leur couverture miteuse et ils n'avaient pas mis cinq minutes pour s'endormir.

James était resté éveillé, assis, droit, rigide, seul dans la nuit sans étoiles, le visage faiblement éclairé par la lueur vacillante des flammes mourantes. Si les deux frères étaient aussi bêtes qu'ils étaient dangereux, James était doté d'une grande intelligence et avait même la réputation, dans le milieu infâme auquel il appartenait, d'être le meilleur de sa spécialité. Une spécialité dangereuse, mais très lucrative. James était un chasseur d'un genre particulier. Il n'était pas question, pour lui, de traquer les daims et les sangliers pour faire commerce de leur viande et de leur peau. Seules les créatures très rares l'intéressaient. Celles dont les écailles, les dents, les viscères, les griffes, mais surtout le cœur, se revendaient à prix d'or sur des marchés secrets et douteux, dans les échoppes des venelles sombres ou les forêts lugubres du centre du pays…

Voilà deux ans désormais qu'il poursuivait un spécimen censé vivre dans les parages : il avait recueilli quelques témoignages peu précis, des informations sujettes à caution que peu de gens prenaient réellement au sérieux, mais qui suffisaient largement à attiser son appétit de chasseur.

Et maintenant, il sentait d'instinct que sa quête allait enfin s'achever, il touchait au but.

Ni Jewel ni Jordy n'avaient été mis au parfum. Ces deux idiots pensaient avoir été recrutés pour l'assister dans le pillage des environs. Comme s'il avait besoin pour cela d'une quelconque aide…

Qu'ils ronflent ces deux-là, qu'ils profitent encore un peu de cette vie de débauche qui avait toujours été la leur : elle allait bientôt prendre fin.

S'il réussissait ce coup, *le dernier coup*, il serait riche et partirait vivre loin de ce pays qu'il détestait. »

Mon grand-père accompagnait souvent cette partie du récit d'un ricanement sinistre et sonore qui agaçait prodigieusement ma grand-mère. Elle rappliquait aussitôt et le houspillait afin qu'il conclût au plus vite. Il me regardait alors les yeux écarquillés, il était totalement imprégné de son rôle :

« Mais ce que tu dois garder en tête mon petit, c'est qu'avant de s'endormir, après avoir roulé sa veste pour en faire un oreiller, après avoir dispersé les cendres du feu de camp, après s'être allongé sur le côté (soupir exaspéré de ma grand-mère), c'est vers Lewiston que James tourna son regard intuitivement. »

Sûr de son effet, mon grand-père sortait, digne et fier comme Sir Mickaël. Ne lui manquait que sa lance. À la place, il brandissait la télécommande du téléviseur.

Ma grand-mère reprenait sa place, haussait les sourcils et secouait la tête. Que n'avait-on besoin de passer autant de temps avec ces individus ignobles, franchement ? Et pourquoi tous ces détails sordides ? Elle me regardait avec un air de connivence ; on se comprenait entre gens raisonnables, avait-elle l'air de penser…

Je n'ai jamais osé lui avouer que j'attendais toujours avec beaucoup d'impatience l'entrée en scène des *trois J*, qu'ils me fascinaient autant qu'ils m'effrayaient. Surtout Jordy, avec son grand couteau.

Je l'aurais peinée, peut-être. Car d'après elle, rien n'était plus important que de faire la connaissance d'Iseabel.

Mais il fallait pour cela abandonner provisoirement le vieux pêcheur et ce dragon mystérieux, et retrouver, dans ce même village de Lewiston, Victor alors plus jeune de quelques années.

DEUXIÈME PARTIE

8. Une étrange maladie

C'est au *Blackbird* qu'il la vit pour la première fois. Elle portait un pantalon beige et un gros pull en laine et lui tournait le dos, flanquée de deux solides gaillards accoudés au comptoir. Victor, charmant jeune homme au visage bronzé et presque imberbe, attablé à côté, l'entendit réagir à l'une des remarques de ses camarades et ne la quitta plus des yeux, attiré par cette silhouette svelte et troublé par sa voix douce.

Tata Glinglin avait un jour décrété que Victor était vert et bleu. Elle s'était approchée de lui, l'avait pointé de son doigt tremblant et lui avait déclaré :

« Tu es vert et bleu. »

Elle faisait allusion à son *aura,* lui avait-elle expliqué plus tard. Et maintenant, il imaginait à son tour un halo lumineux émaner de cette femme intrigante, dont il essayait de deviner les couleurs. Il passait en revue toutes les combinaisons possibles pendant que l'inconnue, perchée sur son tabouret, plaisantait avec Walter et que son rire résonnait dans le pub enfumé. Un pastel mauve aux reflets d'or ? Un turquoise profond ? Une couleur plus épicée, un jaune flamboyant zébré de rouge sombre ?

Sans raison apparente, elle se retourna et regarda dans sa direction brièvement : un discret sourire, qui ne semblait adressé à personne en particulier creusait deux fossettes sur ses joues et ses yeux noirs reflétaient la lueur des bougies du *Blackbird*. Quand elle et ses compagnons se levèrent, le patron leur fit un geste discret dont Victor connaissait la signification : il offrait la tournée. La femme se dressa sur la pointe des pieds, se pencha par-dessus le comptoir et fit une bise à Walter. Toujours encadrée par les deux costauds, elle se dirigea ensuite vers la sortie, frôla en passant Victor qui se cachait mal derrière le rideau de fumée de sa pipe et lui jeta un regard en biais.

Dans son sillage, une petite traînée de parfum subsista le temps d'un battement de cils.

Huit jours plus tard, Victor tomba malade. Assez gravement, sembla-t-il. D'abord il perdit totalement le sommeil. Il se couchait tard et se réveillait brutalement, vers trois ou quatre heures du matin. Il se tournait et retournait alors dans son lit sans parvenir à se rendormir et quand l'aube filtrait à travers les volets, il était déjà épuisé. La fatigue s'accumulait au fil de ces nuits blanches, et ses journées de labeur lui paraissaient de plus en plus longues et pénibles.

Puis il perdit l'appétit. Même le faisan accompagné de haricots beurre, dont il raffolait en temps normal, l'indifférait. Il ne cuisina plus et se contenta de picorer un peu, par-ci, par-là, en buvant du café à longueur de journée… ce qui aggravait en retour ses insomnies. Tout au plus parvenait-il à avaler une soupe, le soir, du bout des lèvres, sans même y tremper un quignon de pain.

Ses clients et amis s'aperçurent vite que Victor maigrissait à vue d'œil. Son teint livide et son air égaré les souciaient. Leur inquiétude s'avéra vite fondée : quelques jours après l'apparition des premiers symptômes, Victor s'évanouit brutalement en pleine rue.

Il reprit conscience dans le cabinet du docteur Peter Kilmartin, allongé sur la table de consultation, à moitié déshabillé et un thermomètre planté dans la bouche. Penché au-dessus de lui, le médecin s'affairait, écoutait les battements de son cœur, analysait sa respiration, testait ses réflexes en donnant des coups de marteau sur ses rotules, éclairait ses pupilles, contrôlait l'état de ses dents, vérifiait l'intérieur de ses oreilles, examinait le fond de sa gorge, il auscultait, tripotait, cherchait, le tout en marmonnant des phrases inintelligibles.

« Ah ! revoilà notre grand malade ! »

La tête de Victor lui tournait encore un peu, mais une lampée de cognac le requinqua suffisamment pour qu'il puisse se traîner, les jambes encore flageolantes, jusqu'à la chaise qui faisait face au bureau du docteur. Ce dernier ne semblait pas très inquiet, il affichait même un imperceptible sourire en coin, mi-affectueux, mi-ironique, ce qui rassura Victor. Avec ses cheveux ébouriffés et ses petites lunettes rondes, Peter, bien qu'âgé d'à peine trente ans, dégageait une telle sérénité que sa seule présence apaisait même les tempéraments les plus angoissés.

Il consultait au sous-sol de sa maison, dans une petite pièce à l'ambiance feutrée. Derrière son fauteuil, une bibliothèque en bois sombre abritait des centaines de livres de toutes les tailles et de toutes les couleurs dont les reliures sentaient bon le cuir : encyclopédies, traités d'anatomie, de physiologie, de cardiologie, bouquins de pharmacie, guide des champignons vénéneux, guide des serpents dangereux, précis de dentisterie, histoire de la médecine à travers les âges et divers ouvrages de bricolage se côtoyaient dans un joyeux et rassurant désordre. Contre le mur opposé, derrière Victor, une petite armoire contenait le matériel médical. Rangées sur leurs étagères de verre, les seringues inquiétantes s'alignaient à côté des pompes à lavements, des flacons remplis de pilules colorées, des compresses et des pansements.

Peter s'éclaircit la gorge d'un petit « hum, hum » sonore et fixa Victor qui se tenait tout droit sur son siège, comme un écolier attentif avant de recevoir sa copie.

« Tout a l'air normal mon cher Victor, un cœur de sportif, des réflexes aiguisés et… »

Avant qu'il n'ait terminé sa phrase, le médecin s'écroula d'un coup sur son bureau. Une seconde plus tard, il ronflait. Victor, instruit par l'expérience, ne s'inquiéta pas et attendit, patiemment, qu'il émerge de sa sieste improvisée.

Lorsque le médecin se releva en émettant de nouveau un petit « hum, hum », Victor réprima un fou rire en constatant que son front portait la marque parfaitement dessinée de la paire de ciseaux sur laquelle il s'était endormi.

« Oui Victor je te disais donc, *a priori* tout est normal, rien à signaler… ton cas ne relève pas de la médecine… tes symptômes ont une explication, certes, mais… »

Il écarquilla un peu les yeux et reprit :

« Enfin Victor, tu dépéris, tu es tout blanc, très faible… tu dois bien savoir, ou deviner… »

Peter semblait de plus en plus mal à l'aise et s'embrouillait complètement dans ses propos. Finalement il s'interrompit, se leva, chercha un livre qu'il ne trouva pas immédiatement, continua de farfouiller, monta sur un escabeau, en redescendit, se pencha vers une étagère basse et s'étala par terre de tout son long en emportant dans sa chute deux livres et une trousse pleine d'ustensiles bizarres qui se dispersèrent sur le sol en produisant un son métallique.

Cette fois-ci Victor se leva et vérifia que le docteur Peter ne s'était pas assommé. Mais celui-ci, tout à fait détendu, les bras en croix sur le plancher, dormait comme un bienheureux. Deux minutes plus tard, il fit mine d'épousseter son costume en tweed élimé, « hum, hum » et se rassit. Il avait de toute évidence oublié la raison pour laquelle il avait quitté son siège quelques instants plus tôt.

« Bref je ne m'inquiète pas pour toi, mais il va quand même falloir que tu reprennes des forces, tu ne peux pas te laisser aller ainsi ! »

Et il ajouta, l'air de plus en plus embarrassé :

« En attendant que tu résolves ton - il chercha ses mots - problème… enfin ce n'est pas à proprement parler un problème… il me paraîtrait intéressant, ce n'est pas une obligation, mais, pourquoi pas, tu sais, la médecine peut montrer ses limites… »

Victor se demandait où les mèneraient ces digressions qui n'en finissaient pas.

« Enfin bref tu *pourrais*, pour discuter, de choses et d'autres, rendre visite à… tata Glinglin. »

Victor regarda le médecin sans comprendre. En quoi une visite chez tata Glinglin améliorerait-elle sa santé ? Mais Peter reprit un peu d'assurance et répéta d'une voix plus affirmée :

« Va discuter avec tata Glinglin. »

Victor se contenta de hocher la tête pour confirmer qu'il suivrait ce conseil. Il se leva avec précaution, prit congé, et lorsqu'il fut dehors, entendit un « boum » assourdi derrière la porte qui venait à peine de se refermer.

9. Tata Glinglin

Tata Glinglin habitait à une cinquantaine de mètres à peine du cabinet médical. Victor décida de s'y rendre sans attendre. Il éprouvait beaucoup d'affection pour cette vieille sorcière qui était par ailleurs une cliente fidèle. Cette visite serait l'occasion de la saluer, et puis, tout compte fait, ça valait le coup d'essayer, on ne sait jamais…

La maison de tata Glinglin avait été construite en dépit du bon sens : elle penchait dangereusement, semblait avoir un étage et demi d'un côté et trois de l'autre, et une partie s'enfonçait à moitié dans le sol. Les volets mal ajustés encadraient des fenêtres obliques. La cheminée en brique qui s'élevait à une hauteur vertigineuse menaçait de s'écrouler. Un couple de corneilles y avait courageusement installé un nid au sommet et ne paraissait pas dérangé outre mesure par la fumée qui s'échappait en permanence du conduit et prenait des teintes surprenantes, du bleu au vermeil.

L'entrée était trop basse pour que Victor puisse y pénétrer sans se courber en deux et, même ainsi, il ne put éviter l'énorme poutre qui barrait le passage. Il se frotta le front en grimaçant et continua plus avant en appelant tata Glinglin :

« Il y a quelqu'un ?

— Quelqu'uuuuunnnn », lui répondit l'une des corneilles qui n'hésitait pas à entrer pour voler de la nourriture.

Une grenouille rampait sur les tomettes et tentait quelques sauts paresseux sans avoir l'air d'y croire elle-même. De temps en temps, elle lançait un crôaaaa désabusé.

« Je suis là », répondit tata Glinglin en émergeant de la pénombre. Elle tenait dans sa main un crâne ricanant qui servait de porte-bougie et glissait silencieusement en laissant traîner sa robe violette pailletée. Elle dégageait une odeur d'ail incroyablement forte, à croire qu'elle s'en badigeonnait le corps et le visage. Ses cheveux en pétard, argentés, lui donnaient un air de caniche hirsute furieux d'avoir pris un bain.

« Je m'attendais à ta visite, prends place », lui intima-t-elle d'une voix enrouée et sans plus de cérémonie.

Victor s'assit en équilibre sur un tabouret dont il doutait qu'il pût supporter son poids, mais qui s'avéra étonnamment robuste et confortable. Face à lui, une boule de cristal fendue trônait au milieu d'une petite table ronde recouverte d'une nappe en velours maculée de taches rouge sombre.

Tata Glinglin s'installa à son tour et lui tendit une fiole remplie d'un liquide verdâtre :

« Bois, c'est un fortifiant. »

Coincé dans cette pièce lugubre, entouré d'objets tous plus inquiétants les uns que les autres, et désormais sommé de boire un jus immonde, Victor n'en menait pas large. Soucieux de ne pas contrarier tata Glinglin, il avala malgré tout le contenu de la fiole d'une traite. Aussitôt, il fut pris d'une quinte de toux irrépressible. Sa gorge le brûla, de grosses larmes coulèrent et il eut l'impression que des litres de sang lui affluaient aux joues. Sa respiration en fut coupée quelques instants et il regarda la sorcière d'un air horrifié, les pupilles dilatées, implorant son secours.

« Le piment, toujours trop », soupira tata Glinglin en secouant la tête.

Elle lui tapota l'avant-bras. Victor, qui avait viré au cramoisi, réprima un mouvement de recul, il s'attendait à un contact répugnant, une vieille main de femme ridée, peut-être glacée. Il fut surpris par sa douceur tiède.

Tata Glinglin attendit qu'il retrouve son souffle et s'adressa à lui sur un ton bienveillant, presque maternel :

« Tu vas vivre des moments très particuliers mon cher Victor, très particuliers. »

Elle semblait inexplicablement émue.

« Tu connaîtras tant de plaisirs… puis tu vas traverser de rudes épreuves. Et quand le moment sera venu d'affronter tes pires craintes, ce temps viendra bientôt, j'aimerais que tu te souviennes de ce conseil : quel que soit ton chagrin, quelles que soient tes frayeurs, ne t'inquiète pas. »

Tata Glinglin soupira. Elle était calme, posée, empreinte d'une certaine gravité, Victor assistait à l'un de ces rares moments où elle paraissait presque… normale. Ses yeux, dont la couleur variait toujours en fonction des saisons et de son humeur, s'étaient éclaircis.

« Je connais la fin, et c'est une fin heureuse. Elle enchaîna, sans transition. Cette femme, celle à laquelle tu ne cesses de penser, nuit et jour, qui trouble ton sommeil - Victor n'essaya même pas de protester - s'appelle

Iseabel Mac Kenzie. C'est le capitaine d'un navire de pêche, l'Astrolabe, et la fille de William Mac Kenzie, cet armateur et navigateur célèbre qui périt en mer avec tout son équipage à la barre de son bateau, le *Proud Iseabel,* vaincu par la "Tempête des Maudits". »

Victor avait entendu parler de cette tempête dantesque, d'une violence inouïe. L'apocalypse… La moitié des marins partis en mer cette année-là n'étaient pas revenus. Tata Glinglin fit un geste vague du bras, un geste gracieux comme celui d'une ballerine :

« Les pauvres noyés errent dans les limbes éthérés, j'en croise, parfois… »

Elle s'interrompit quelques instants avant d'ajouter, comme pour elle-même, dans un murmure :

« Cette tragédie n'a jamais dissuadé Iseabel de poursuivre sa vocation, elle écume les mers aujourd'hui. Elle est habile et respectée, comme l'était son père. »

Tata Glinglin sembla loin soudain, loin de Victor, loin de sa propre maison, loin du présent, hors du temps.

« Et elle est belle, si belle… »

Elle se tut. Mutique et immobile sur sa chaise, les plis de sa robe étincelant à la lueur des bougies, tata Glinglin semblait plongée dans quelque souvenir lointain. Elle était ailleurs. Victor comprit qu'elle ne prononcerait plus un mot. Le silence qui s'était installé signifiait la fin de l'entretien.

En sortant sur la pointe des pieds pour ne pas la déranger, Victor faillit écraser la grenouille et se cogna de nouveau.

« Ah oui, je l'ai revue hier ! »

Walter n'était pas dupe du ton faussement dégagé qu'avait pris Victor pour lui demander si Iseabel était encore en ville, et si elle était revenue au *Blackbird.*

Il compléta :

« L'Astrolabe est amarré en aval, là où la rivière s'élargit pour se transformer en loch. Un coin peu profond, mais suffisant pour un bateau avec un faible tirant d'eau, précisa-t-il en connaisseur. Il y reste quelques mois. Le temps pour l'équipage de se reposer, de réparer les avaries et de recoudre les filets. Iseabel prend toujours ses quartiers à Lewiston. On la revoit chaque année, à la même période. »

À Victor qui s'étonnait qu'une si jeune femme puisse commander un navire de pêche, Walter répondit d'un air entendu que la fille de William Mac Kenzie avait appris à naviguer avant de marcher et que personne n'oserait remettre en question la moindre de ses consignes en mer. Et puis… c'était Iseabel.

Il essuyait ses verres tout en discutant et se rendit soudain compte que Victor ne l'écoutait plus. Sur le comptoir, le plat qu'il avait commandé commençait à refroidir et il observait quelque chose, très loin, par-delà le grand miroir fissuré qui trônait au-dessus du bar.

Dans ses yeux naviguait un fier navire aux voiles immaculées, Iseabel à la barre, les cheveux détachés dans le vent, avec son pantalon beige, son gros pull et son *aura* de couleur indéterminée.

« Victor ?

— Hum ?

— Iseabel Mac Kenzie ne manque jamais la fête de Beltane. »

10.   La fête de Beltane

La fête de Beltane célébrait le passage de l'hiver au printemps, la fin des ténèbres, la renaissance de la nature. Elle se déroulait chaque année dans une vaste clairière, au milieu d'une forêt dont l'accès était d'ordinaire réservé aux seuls druides.

Avant de s'y rendre, la tradition voulait que l'on décore son logis. Victor disposa donc sur le sol de terre battue des bouquets de fleurs sauvages fraîchement cueillies dans les prés et les bois alentour. Il en accrocha également aux murs. Le flot de lumière qui entrait par la porte ouverte rendait éclatantes les couleurs des violettes, campanules, soucis, jacinthes, primevères, et transformait l'intérieur du logis noirci par la suie en peinture chatoyante et abstraite. Un doux parfum chassa bientôt les effluves de cuisine rance et l'odeur d'humidité accumulées durant la mauvaise saison. La chaumière, coquette et pimpante, renaissait aussi en ce jour de Beltane. Victor prépara ensuite quelques plats simples, qu'il apporterait à la fête : un pain d'amandes à la cannelle, des filets grillés de poissons frais accompagnés de pommes de terre rissolées et un velouté de cresson au poulet. Ce dernier devait mijoter lentement. Victor étouffa le feu et suspendit la marmite au-dessus du tapis de cendres. Au bout de quelques minutes, le délicat fumet de la soupe embaumait tout le chemin, descendait jusqu'à la rivière et se mêlait en lisière de bois aux senteurs amères d'aubépine. Il la ferait déguster, froide, assaisonnée de quelques feuilles de menthe. Enfin, il posa sur le seuil une grande corbeille de fruits à l'intention des animaux de la forêt : mal caché derrière un buisson, un cerf à la ramure lourde semblait attendre le départ de Victor pour s'en régaler.

En route, Victor ne tarda pas à rallier un groupe d'habitants de Lewiston, une troupe bruyante et gaie au milieu de laquelle il prit plaisir à cheminer.

Le temps passa si vite à discuter en bonne compagnie qu'il fut surpris d'être déjà arrivé à *Red Hill*, un promontoire dégagé d'où l'on pouvait embrasser tout le paysage, jusqu'à l'horizon. Victor s'approcha du précipice. Debout au bord du vide, il profita d'un spectacle impressionnant : à perte de vue, des colonnes ondulantes de moutons et de vaches, de bœufs et de chèvres se formaient, se rejoignaient en ruisseaux puis en rivières de cuir et de laine, dévalaient les collines et coulaient dans la vallée pour converger vers la fête. De-ci, de-là, une tête de berger émergeait, comme emportée par les flots. Le tintement des clochettes, les beuglements et bêlements se mêlaient aux jappements des chiens obéissant aux ordres secs de leur maître. Ce soir, le bétail serait mené entre de grands feux allumés par les druides et ce rituel devrait protéger les animaux des épidémies pour toute l'année à venir.

Victor et ses camarades décidèrent de faire halte ici, *Red Hill* se trouvait exactement à mi-chemin entre Lewiston et leur destination. Une petite collation fut organisée, quelques gâteaux furent déballés. La pause ne s'éternisa pas, les villageois se remirent vite en route, descendirent le coteau et rejoignirent les troupeaux.

Victor était heureux de sentir l'odeur rassurante des bêtes. Il caressa le museau d'une vache dont les longs poils retombaient dans les yeux et qui ruminait paisiblement en marchant, totalement indifférente à l'agitation autour d'elle. Il reconnut un berger qu'il croisait lors de ses journées de pêche et alla prendre de ses nouvelles. Aucun loup n'avait décimé son cheptel, aucune maladie n'avait sévi, les agnelages s'étaient déroulés sans problème. Le berger était satisfait. Victor grattouilla la truffe du chien blanc survolté qui avait abandonné quelques instants sa mission pour quémander un câlin, puis reprit sa route.

Lorsqu'il franchit les deux menhirs imposants qui indiquaient l'entrée de la forêt des druides, un frisson d'excitation et de crainte mêlées parcourut l'échine de Victor. Au-delà, le chemin s'enfonçait dans un sous-bois taché d'une lumière irréelle. Les troncs blancs de milliers de bouleaux filaient tout droit vers le ciel. Quelques fougères émergeaient de la brume légère et lumineuse qui couvrait tout le sol. Un silence impressionné tomba d'un coup sur la cohorte d'hommes et d'animaux. Les rires s'éteignirent, les chamailleries cessèrent. Plus un cri, plus une exclamation, la foule se taisait désormais. Les bêtes avaient senti le changement d'ambiance et la sourde appréhension qui gagnait les hommes. Les agneaux les plus téméraires restaient dans les pattes de leur mère. Les meuglements étouffés et les bêlements timides se perdaient dans les profondeurs insondables de la forêt. À l'approche d'un imposant dolmen de grès, le sentier se rétrécit. Pieds et sabots s'enfoncèrent dans une mousse à l'épaisseur surnaturelle et les chênes sombres, massifs, aux branches tentaculaires remplacèrent les bouleaux aériens. L'obscurité devint porteuse d'une menace diffuse. À quelques mètres à peine, des cris rauques retentirent au-dessus des marécages putrides.

On pressa le pas.

Après de longues minutes de marche, le sentier redevint enfin plus large, la canopée laissa passer quelques rayons de lumière chargés de pollen. Bientôt les conversations reprirent, s'amplifièrent et la forêt redevenue accueillante s'emplit de nouveau d'un brouhaha guilleret. Les chevrettes s'enhardirent et allèrent grignoter les ronces craquantes et appétissantes qui poussaient hors du chemin. Certaines s'éloignèrent assez loin, obligeant les chiens à d'incessants allers et retours pour ramener un peu de discipline dans les rangs.

Soudain, un rire fusa. Alors même que personne n'en avait identifié la cause, un second, puis un troisième lui firent écho. Cette joyeuse contagion ne s'arrêta pas ; un groupe près de Victor fut entraîné et lui-même pouffa. Le fou rire gagna toute la file. Dès qu'une partie des fêtards, à bout de souffle, arrivait à se calmer, il reprenait de plus belle quelques mètres plus loin. On en avait mal au ventre. On en pleurait. On ne savait toujours pas pourquoi l'on se bidonnait à ce point, mais cette idée semblait si drôle en soi qu'elle ne manquait pas de provoquer une nouvelle vague d'hilarité générale. Et c'est une troupe euphorique qui surgit finalement dans la clairière de Beltane.

Cette grande clairière toute ronde, que les druides nommaient entre eux « la clairière des deux lunes », bruissait déjà des conversations de milliers de participants. Au centre, trois bûchers spectaculaires formaient un triangle sacré au milieu duquel les maîtres de cérémonie, dans leur robe bleu et jaune, tenaient un conciliabule. Victor reconnut non loin d'eux tata Glinglin qui observait la scène avec beaucoup d'intérêt et lui fit un salut de la main qu'elle ne lui rendit pas.

Il déposa les mets qu'il avait préparés le matin même sur l'une des nombreuses tables dressées à la périphérie de la clairière puis s'assit dans l'herbe, au milieu de la foule bigarrée et joyeuse. Il scruta un moment les visages, espérant sans trop y croire reconnaître parmi eux celui d'Iseabel, mais abandonna vite. La clairière était noire de monde.

Un peu partout, des jeux s'organisaient. Tir à la corde, lancer de troncs, mât de cocagne, nombreux étaient celles et ceux qui testaient leur force et leur habileté en attendant le début des agapes. Les enfants semaient une belle pagaille en courant après les moutons qui protestaient bruyamment. Quelques-uns, plus sages ou déjà fatigués, jouaient à cache-cache ou à la marelle.

Victor aimait cette ambiance. Le temps d'une soirée, chacun oubliait ses inquiétudes quotidiennes, ses disputes, pour se projeter dans un avenir souriant. La fête de Beltane symbolisait l'espoir d'une année heureuse et prospère, qui verrait les blés dorer les champs, les veaux gras et vifs s'ébattre insouciants dans les étables et le lait couler à flot ininterrompu sous les doigts agiles des fermières.

Le soleil couchant teinta furtivement la clairière en orange vif, puis en rouge sang, avant qu'une lune hésitante n'entre en scène et baigne d'une lumière diaphane la clairière de Beltane. La fin du jour annonçait le début du banquet : les jeux s'arrêtèrent et tous s'installèrent autour des tables du festin.

Les derniers gâteaux engloutis, les dernières chopes vidées, certains s'endormirent sur leur chaise ou couchés par terre, repus, au pied des tables. D'autres se regroupèrent pour danser autour de groupes de musiciens. La plupart se reposèrent en attendant la suite…

Enfin, le son de la corne retentit. Au signal, les bergers rassemblèrent le bétail, aidés par les chiens qui couraient à droite, à gauche, concentrés et nerveux. Malgré l'impression de confusion la plus totale, toutes les bêtes retrouvèrent leur troupeau et les troupeaux leur berger en quelques minutes à peine. Le silence s'installa sous la voûte étoilée et les druides, debout entre les bûchers, commencèrent leurs incantations, les bras levés vers le ciel. Ils scandaient sur un ton monocorde et dans une langue ancienne des paroles que seuls les dieux pouvaient comprendre. Leurs voix mélodieuses et puissantes se mêlaient, tantôt graves, tantôt aiguës, couvrant plusieurs octaves sans effort. Puis les incantations se transformèrent en chants lancinants. Pour en marquer le rythme, les druides tapèrent dans leurs mains, au-dessus de leur tête, bientôt imités par les spectateurs.

Il revenait aux plus anciens des maîtres de cérémonie l'honneur d'allumer les feux purificateurs. Trois vieillards barbus s'approchèrent donc lentement des bûchers, un flambeau au bout de leur bras tendu, et les allumèrent en même temps. L'embrasement fut immédiat. Les flammes impressionnantes crépitèrent et projetèrent dans la nuit leur myriade de flammèches. Elles éclairèrent jusqu'à la cime les arbres en lisière de forêt.

Les fermiers et quelques villageois encerclèrent aussitôt les animaux, en se tenant par la main. Progressivement, ils raccourcirent la chaîne ainsi formée et obligèrent les bêtes prisonnières et pressées par les aboiements autoritaires des chiens à passer entre les brasiers immenses pour se sortir du piège. On les retrouvait un peu plus loin, les yeux encore exorbités de frayeur.

Victor, comme tout le monde, s'était avancé jusqu'à sentir le souffle chaud du feu sur sa peau. Mais contrairement aux autres spectateurs, presque hypnotisés par la cérémonie, lui s'en était désintéressé. À sa gauche, assez près de lui, il avait reconnu Iseabel. Un rameau d'if dans ses cheveux attachés, elle dodelinait doucement de la tête, à contretemps, les yeux mi-clos. Elle avait retroussé les manches de sa chemise de lin, révélant sur son avant-bras un tatouage au motif indistinct. Bercée par sa petite mélodie intérieure, elle ne remarqua pas Victor faire les quelques pas qui le séparaient d'elle. Mais lorsqu'il lui prit la main timidement, elle la serra fort.

« Je m'appelle Victor.

— Je le sais, répondit-elle un brin moqueuse. »

11.   Les amants de Beltane

Et ils restèrent là, seuls dans la foule recueillie, de longues minutes ou de longues heures, jusqu'à la mort de la dernière braise. Lorsque les festivités eurent cessé et que le temps fut venu pour tout le monde de rentrer dormir, Victor et Iseabel, sans se concerter, sans échanger une parole, s'en allèrent ensemble main dans la main. La forêt, si inquiétante il y a peu, déroulait à présent sous la plante de leurs pieds chatouilleux un tapis de mousse humide et chaud. Les arbres bienveillants s'inclinaient sur leur passage et un sentier de fougères phosphorescentes les guida jusqu'à une minuscule clairière, réplique miniature de celle de Beltane, au centre de laquelle un cèdre étalait ses branches basses à l'horizontale. Sous l'une d'elles, un renfoncement dans un rocher arrondi, comme poli par la lune, formait une alcôve accueillante dans laquelle Victor et Iseabel se nichèrent, amoureux.

Le matin les surprit nus, lovés l'un contre l'autre. Un jour grisâtre s'était levé à contrecœur et les branches protégeaient mal Victor et Iseabel d'une averse sournoise. Courant pliés en deux sous la pluie, ils cherchèrent en riant leurs vêtements éparpillés sur l'herbe mouillée.

Iseabel n'hésita pas une seconde lorsque Victor lui proposa de l'accompagner chez lui. Leurs pantalons trempés ne séchaient pas. Ils grelottaient, mais s'en moquaient éperdument, et avançaient d'un bon pas en se pelotonnant l'un contre l'autre. Les grands menhirs en lisière de forêt avaient perdu de leur superbe et ils n'y virent plus que deux grosses pierres saugrenues. Plus loin, les nuages bas avaient fait disparaître les collines.

À mi-parcours, Victor s'arrêta soudain et pointa du doigt une silhouette foncée. À quelques mètres devant eux, un grand cerf les observait :

« Il est magnifique ! s'exclama Iseabel.

— Je le reconnais, lui répondit Victor. Je l'ai déjà aperçu, hier matin, en quittant la maison. »

Après quelques longues secondes, l'animal disparut d'un bond. Victor, superstitieux, y vit un heureux présage et serra Iseabel contre lui.

Les semaines et peut-être les mois qui suivirent, Victor et Iseabel sortirent peu de la maison : ils faisaient quelques sauts de puce à Lewiston quand les provisions s'épuisaient et une petite balade par-ci par-là, jamais très longue.

Une fois seulement, ils avaient participé à une fête. Big Jack avait décidé, pour on ne sait quelle raison, de tirer un feu d'artifice grandiose sur son domaine. Il avait invité tout le village. Tout le village était venu. Les spectateurs, soulagés de ne pas avoir été blessés, avaient applaudi à tout rompre lorsque les derniers pétards avaient explosé. Tout le monde avait eu très peur, sauf Iseabel, qui avait adoré, et Victor, qui regardait Iseabel.

Mais la plupart du temps, ils restaient enfermés dans leur chaumière douillette.

Déjà, des petits rituels s'installaient. Iseabel se levait toujours la première, allumait le poêle - il faisait encore frais le matin en ce début de printemps - et retournait vite se réfugier sous les draps tièdes. Victor attendait quelque temps, s'étirait, sortait du lit, préparait le café pour deux, l'apportait, et retrouvait à son tour la douceur des plumes.

Ils finirent par confondre le jour et la nuit. Ils mangeaient n'importe quand et dormaient peu, laissant le temps filer sans eux. Ils opposaient aux heures qui s'égrènent, froides et inéluctables, l'indifférence élégante des amants réunis, contre laquelle on ne peut rien. Ils auraient pu vieillir de dix ans, de cent ans, sans que leurs tempes blanchissent ou que leur peau flétrisse.

« Resteras-tu ? », lui demandait parfois Victor. Iseabel le regardait et ne répondait pas.

Il fallait bien, pourtant, qu'Iseabel reprenne la mer et que Victor retourne pêcher.

Un matin pâle, Iseabel quitta la chambre un demi-sourire aux lèvres : la tête enfoncée dans l'oreiller, Victor ronflait un peu. Elle enfourna suffisamment de bûches dans le poêle pour que le feu tienne jusqu'à son réveil. Encore chiffonnée de sommeil, elle but son café assise en tailleur dans le salon, ses jambes nues et une chemise trop grande pour elle sur les épaules. Elle profitait, rêveuse, de ces derniers instants de chaleur et d'amour avant d'affronter la solitude rêche de la vie en mer.

Lorsqu'elle s'engagea un peu plus tard sur le sentier encore sombre qui menait à Lewiston, la porte de la chaumière se referma toute seule derrière elle, doucement, sans un bruit, comme se referme une parenthèse enchantée.

Ce fut une capitaine inhabituellement en retard qui embrassa ses marins au *Blackbird* où elle leur avait donné rendez-vous. Tous remarquèrent chez elle une tristesse indéfinie, imperceptible aux profanes, mais que ces hommes qui avaient affronté tant de dangers sous ses ordres ne pouvaient ignorer. Malcom, le second, et Andrew, le cuistot, en avaient deviné la cause. D'expérience, ils en connaissaient le remède : partir sans se retourner, se concentrer jour après jour sur la pêche, sur les gestes quotidiens qui occupent les bras et l'esprit, ne pas songer au retour avant d'apercevoir le port, ne jamais penser à sa femme, à ses enfants, à son amant restés à terre, avant de retrouver leurs bras.

Iseabel leur expliqua rapidement le plan de navigation pour les semaines à venir. Le cadet de l'équipe, Bobby, regardait son capitaine avec un air émerveillé et buvait ses paroles. Trois ans qu'il travaillait sur l'Astrolabe. Bobby n'avait jamais connu les joies de l'enfance : pas de pentes dévalées à toute allure sur les fesses abîmées ; pas de courses effrénées avec les copains ; pas de maman pour soigner les genoux écorchés. Sa seule famille se trouvait là, autour de cette table. Sa couchette dans la cale du bateau était son unique foyer. Il s'ennuyait ferme pendant les escales, et il était toujours ravi de reprendre la mer.

À bord il épaulait le vieux Stanley pour effectuer les tâches les plus éprouvantes que ce dernier, perclus de rhumatismes, cassé, brisé par cette vie de forçat, ne pouvait plus accomplir. Une relation de grand-père à petit-fils s'était peu à peu créée entre les deux hommes. L'un transmettait son savoir à l'autre, qui lui offrait en retour sa force et son endurance.

Les triplés, absolument impossibles à reconnaître les uns des autres, aussi dissipés à terre que sérieux en mer et Logan, l'intellectuel, réputé pour la beauté de ses poèmes et ses talents de dessinateur, complétaient la bande. Logan était le seul estropié à bord, sa jambe de bois lui donnait l'air d'un pirate de conte pour enfants et il ne lui restait plus que trois doigts sur la main gauche : le pouce et l'index se trouvaient quelque part au fond de l'Atlantique.

Iseabel savait l'importance des liens d'amitié et d'affection entre les membres de son équipage, ces liens qui permettaient de supporter la promiscuité permanente et prévenaient les tensions délétères. Ces huit gars-là s'entendaient à merveille, tous différents, tous complémentaires, tous excellents marins, et même si Victor lui manquait déjà beaucoup plus qu'elle ne l'aurait imaginé, se retrouver de nouveau parmi eux lui fit plaisir.

Au rythme de la marche claudicante de Logan, l'équipage rejoignit l'Astrolabe en une demi-heure. La brume ne s'était pas encore levée et la silhouette du navire ne se révéla qu'au tout dernier moment dans le jour naissant, sculpture aérienne et raffinée que le courant léger ballottait doucement.

Le poids des hommes sur le pont fit craquer le bois du vaisseau. Leurs voix couvrirent le bruit du clapotis sur la coque et quelques merles incommodés s'enfuirent à tire-d'aile. Un claquement sec transperça l'atmosphère ouatée lorsque la grand-voile fut hissée. Les amarres larguées, le bateau s'éloigna doucement de la grève.

Quelque promeneur matinal aurait été saisi par la vision de l'Astrolabe glissant sans bruit sur le loch assoupi, émergeant du brouillard tel un vaisseau fantôme, inquiétant, magnifique.

À la barre, Iseabel laissait libre cours à son vague à l'âme. Lewiston était déjà loin derrière. Victor dormait-il encore ? Ou préparait-il ses lignes ? Bientôt l'embouchure du fleuve surgirait devant la proue. L'horizon s'élargirait soudain et l'Astrolabe serait happé par la mer. Changement d'échelle. L'impressionnant bateau paraîtrait bien minuscule alors, bien fragile…

12. Le *Bloody Flag*

Deux mois s'étaient écoulés depuis que Victor s'était réveillé seul, les pieds froids et le cœur lourd. Iseabel était partie sans « au revoir », sans promesse de retour. Le souvenir de son corps tiède s'estompait peu à peu mais la mélancolie, elle, ne le quittait plus, même en cet instant, tandis qu'il gravissait une colline son fusil à la main.

Quand Peter Kilmartin avait lancé l'idée d'une partie de chasse, Big Jack avait immédiatement suggéré qu'elle se déroule sur ses terres. Toujours soucieux de ne pas contrarier leur irascible compagnon, Victor, Johnny, Peter et Walter - qui avait abandonné son comptoir pour l'occasion - avaient trouvé cette proposition formidable.

Les cinq amis se retrouvèrent donc à l'aube, le fusil sur l'épaule, dans la lande brumeuse. Ils chassaient le petit gibier, en particulier la grouse, un coq de bruyère dont l'habileté à se cacher et la célérité en vol en faisaient une proie convoitée. Le chien de Big Jack, Grevor, trottinait en zigzag devant les hommes, la truffe au vent, flairait les pistes, cherchait, nerveux et appliqué.

Soudain, il s'élança, courut tout droit et s'immobilisa brusquement, une patte levée, le corps tendu, attendant que les chasseurs le rejoignissent. Une grouse se cachait quelque part, non loin, dans l'herbe. La brise fraîche portait son odeur. Sur un ordre chuchoté de son maître, Grevor repartit vers l'avant. Mais lentement cette fois-ci, de plus en plus lentement, rampant presque. À quelques mètres probablement, l'oiseau inconscient du danger préparait son nid. Le plumage roux et l'œil rehaussé d'un sourcil rouge vif, discret et occupé, il n'entendit pas le claquement des fusils qui se refermaient.

Une branche craqua tout près.

Il prit son envol, fila, porté par le vent.

Trop tard.

Il ne put échapper à la volée de plombs tirée par Victor. Le coup de feu résonna longtemps dans la vallée. Un tir rapide et précis. Ses amis le félicitèrent chaleureusement et Victor, que ces compliments ne laissaient pas indifférent, commença à apprécier cette journée. Sa nostalgie se dissipa en même temps que le brouillard. En si bonne compagnie, dans ce paysage somptueux, c'est le cœur apaisé qu'il pensa de nouveau à Iseabel.

Il l'avait imaginée quelque peu taciturne, réservée. Il s'était trompé.

Volubile et enjouée, Iseabel ne manquait pas de récits fascinants et d'anecdotes passionnantes qu'elle racontait étendue sur le dos, les mains croisées derrière la nuque, ou blottie dans le grand fauteuil. Et Victor en redemandait, ravi d'écouter ces histoires de jeunesse, d'océans et de clans, de batailles épiques et d'îles perdues.

Seule l'évocation du naufrage de son père, puis de l'abandon de sa mère, Aileas, avait assombri l'humeur d'Iseabel. Mais celle-ci considérait la mélancolie comme une invitée inopportune, qu'il convenait de raccompagner poliment, mais fermement, à la porte des souvenirs. Elle ne s'était guère appesantie sur ces épisodes dramatiques.

Au cours d'une de ces matinées agréables, dans la chambre où le printemps entrait à flots par la fenêtre grande ouverte, alors qu'elle lui brossait un portrait haut en couleur d'un de ses ancêtres, Iseabel avait évoqué presque incidemment le *Bloody Flag*. Aussitôt Victor lui avait fait répéter, pensant avoir mal entendu. Il connaissait l'existence de cette bannière légendaire, mais en apprenant qu'Iseabel, dernière et unique héritière du clan Mac Kenzie, l'avait en sa possession, il en était resté bouche bée. Et lorsqu'elle la lui avait montrée, la sortant de sa cachette - une doublure cousue à l'intérieur de sa tunique - il avait cru rêver. Aux yeux d'Iseabel, ce n'était qu'un vieux morceau de drapeau élimé qu'elle conservait par respect de la tradition. Mais lui le considérait comme un objet mythique, doué de pouvoirs prodigieux, dont il avait entendu parler avant même de débarquer en Écosse. Il avait aussitôt pressé Iseabel de questions, auxquelles elle avait répondu de bonne grâce :

« D'après la légende, le *Bloody Flag* peut exaucer trois vœux mais celui qui invoquera le dernier vœu disparaîtra à tout jamais. Le prix à payer en quelque sorte, précisa-t-elle. La bannière se transmet de génération en génération dans la famille Mac Kenzie depuis des temps immémoriaux, mais c'est au cours d'une bataille épique que son pouvoir magique fut révélé et que la prophétie des anciens fut accomplie. Il y a deux cents ans environ, le clan Mac Kenzie fut obligé de prendre les armes pour défendre ses terres contre des envahisseurs qui souhaitaient étendre leur territoire et ne comprenaient que le langage de la force et de la violence. Les Mac Kenzie avaient pu lever une armée nombreuse mais composée de pauvres gens : des paysans arrachés à leur ferme, des bûcherons, quelques commerçants, qui s'alignèrent, mal préparés, dans une prairie en fleurs. Ils étaient courageux et déterminés, mais lorsque l'ennemi apparut en haut de la colline, ils surent immédiatement qu'ils n'avaient aucune chance de survivre. La tourbe écossaise boirait dans un instant leur propre sang.

Les silhouettes des cavaliers armés jusqu'aux dents se détachaient sur le ciel gris. Au son de la corne, les barbares lancèrent leur monture au grand galop dans la pente du glen. Ils formaient une ligne continue d'acier, de lances acérées, d'épées tranchantes, et se ruèrent sur les soldats des Mac Kenzie à une vitesse effrayante. Alors que le massacre paraissait inéluctable, le chef du clan Mac Kenzie s'élança à son tour. Il chargea seul et sans hésiter l'ennemi qui se rapprochait à toute allure. Une poignée de secondes avant le choc, il s'arrêta brusquement et brandit la bannière face à la horde sauvage.

Tous les chevaux trébuchèrent alors, d'un coup. Les cavaliers désarçonnés chutèrent lourdement et lâchèrent leurs armes. En quelques secondes, l'armée la plus puissante que l'on puisse imaginer se transforma en amas de métal tordu et d'hommes hébétés, sonnés, gémissant à terre pendant que leurs montures affolées disparaissaient au loin. L'ennemi agita le drapeau blanc, la terreur s'arrêta en bordure de ce champ. Pas une goutte de sang ne fut versée. On considéra que le premier vœu du *Bloody Flag* avait été exaucé. »

Iseabel fit une moue dubitative, que Victor trouva charmante, et avança une autre hypothèse pour expliquer cette victoire inattendue. En fin tacticien et connaissant parfaitement le terrain, le chef du clan savait que la lande qui ceinturait le champ de bataille était gorgée d'eau par des semaines de pluie ininterrompue et que les chevaux ennemis s'y enfonceraient à coup sûr…

« Et le deuxième vœu, demanda Victor ?

— Le *Bloody Flag* fut invoqué une seconde fois pour protéger le clan d'une épidémie redoutable. Aucun membre ne fut atteint alors que, dans les campagnes alentour, la maladie avait provoqué une hécatombe. »

Victor n'arrivait pas à détacher son regard du tissu coloré dont on devinait, malgré l'usure, la splendeur passée, et qu'Iseabel avait posé négligemment sur le dossier d'une chaise de son humble demeure. Il n'osait même pas le toucher. Il n'avait aucun mal à imaginer cette bannière stoppant net une armée entière et protégeant toute la famille Mac Kenzie d'une maladie dévastatrice. Remarquant sa fascination et riant sous cape, Iseabel lui avait pris la tête à deux mains, avait posé un baiser sur ses lèvres et lui avait demandé, mutine, s'il n'était pas davantage intéressé par le *Bloody Flag* que par elle.

Victor avait répondu que non, pas du tout, et qu'il ne croyait pas une seule seconde aux pouvoirs surnaturels de cette serpillière de toute façon.

Le coup de feu de Johnny qui venait de rater sa proie et le juron de Peter qui avait manqué de peu d'être touché par le tir l'arrachèrent brutalement à ses souvenirs. Le médecin sautillait sur place, un morceau de son pantalon déchiré par un éclat de rocher. Walter et Big Jack se tenaient les côtes de rire. Une fois la blessure légère de Peter bandée et ses compagnons à peu près calmés, ils reprirent leur marche. La ceinture de Jackie était généreusement garnie désormais, quatre lièvres et deux grouses s'y balançaient. Grevor débordait encore d'énergie.

Ce fut Victor qui signala le cerf en premier. Le chien n'avait pas senti son odeur. Lorsque les autres le virent également, ils s'immobilisèrent, intrigués. L'animal semblait les défier du regard, perché sur son rocher. Son allure altière et ses bois aux ramifications complexes en faisaient un spécimen d'une beauté exceptionnelle. Big Jack imaginait déjà le trophée accroché au mur le plus vaste de son manoir, à une place d'honneur. Il épaula lentement, ferma un œil pour viser. Son doigt effleura la queue de détente, il commença à appuyer, tout doucement… Mais avant qu'il n'ait pu finir son geste, Victor posa la main sur le canon de son fusil et abaissa celui-ci.

Il venait de le reconnaître. Près de sa chaumière, à proximité de la forêt de Beltane en revenant de la fête avec Iseabel, et maintenant ici, loin de tout. Il s'agissait encore et toujours du même cerf, il en avait la certitude. Ces quelques secondes suffirent à l'animal pour se couler dans un vallon à l'abri des regards.

L'épisode mit fin à la partie de chasse. Jacky ne décoléra pas durant tout le trajet du retour. Sa rancune fut tenace. Il mit longtemps à pardonner à Victor ce geste incompréhensible.

13.   La lettre

Je suppliai ma grand-mère de continuer l'histoire malgré l'heure tardive.
Ce n'était pas très raisonnable, soupirait-elle alors, ce qui voulait dire d'accord, continuons. La télévision était éteinte depuis longtemps, j'avais entendu le pas lourd de mon grand-père dans l'escalier, le glougloutement de l'eau qui montait par à coup dans la tuyauterie hors d'âge et le grincement fatigué des ressorts du lit, juste au-dessus de ma tête. Des bruits familiers, rassurants.

« La mémoire est cruelle, disait ma grand-mère, qui efface les traits des visages aimés plus vite qu'elle n'apaise la tristesse de leur disparition. »

C'était vrai. Je ne me souviens plus aujourd'hui de son regard et les vieilles photographies mentent. Ce sourire sépia, figé, je ne le connais pas. Mais la peine de sa disparition est encore vive et rien n'a jamais remplacé le son de sa voix finalement, rien.

Nous luttions pareillement contre le sommeil et empêchions nos paupières alourdies de se fermer. Elle sur sa chaise, le dos rond, un peu tassée. Moi allongé, les yeux écarquillés. Nous prenions plaisir à voler quelques heures à la nuit.

Elle reprenait son récit.

Après la partie de chasse, les semaines se succédèrent sans que rien ne vienne distraire Victor de sa mélancolie. Il s'ennuyait, ou, plutôt, se languissait de plus en plus. Il pêchait sans y penser, tout lui paraissait terne, il ne s'intéressait plus à rien. Les souvenirs des moments passés avec Iseabel, maintes fois ressassés, ne lui apportaient plus guère de réconfort.

Tous les samedis, Walter l'invitait à être patient et lui répétait inlassablement de garder confiance. Iseabel revenait toujours, elle n'allait probablement plus tarder désormais. Sur ce dernier point, le patron du *Blackbird* mentait d'ailleurs un peu, les campagnes de pêche étaient longues et il le savait.

Il s'était mis d'accord avec Johnny pour envoyer l'un des gamins de Lewiston faire le guet, un peu en aval, afin de les avertir au plus vite de l'arrivée de l'Astrolabe. Les conspirateurs souhaitaient prévenir leur ami le plus tôt possible et lui épargner quelques heures d'attente supplémentaires. De son côté, Peter surveillait Victor sans en avoir l'air, il craignait une rechute et se sentait un peu désemparé. Même tata Glinglin n'aurait pu inventer de recette miracle pour soigner le cafard de Victor. On la disait capable de prédire l'avenir, pas de plier le temps à sa volonté pour l'accélérer ou le ralentir.

C'était le soir, surtout, que l'absence d'Iseabel lui pesait. Victor s'installait dehors pour dîner, profitant du temps clément de ce début d'été, et allumait une vieille lampe à huile. Sa flamme projetait un halo de lumière jaune qui éclairait la table en bois, les branches tordues d'un jeune noisetier et le début du sentier qui menait à la rivière. Il imaginait alors leurs futures retrouvailles. Iseabel émergerait de la pénombre silencieuse. Lui ne prononcerait pas un mot, se lèverait et attendrait qu'elle se rapproche. Il la prendrait dans ses bras. Il sentirait sa peau salée.

Ils pourraient mener ici tous les deux une vie paisible. Il se voyait déjà agrandir la chaumière, il avait des idées, quelques pièces supplémentaires, des chambres. Il s'en fallait de peu qu'il ne les remplisse d'une flopée de bambins rigolards et joufflus, fiers d'exhiber leur sourire privé de quelques dents de lait…

Mais, vers minuit, Victor éteignait la lampe et l'obscurité jetait sur ses rêveries amoureuses un voile de tristesse. Personne n'arrivait par le petit sentier.

Le premier matin d'août, un coup frappé à la porte de bonne heure fit bondir Victor. Lui qui recevait si peu de visites n'eut aucun doute, Iseabel était revenue ! Le cœur battant à tout rompre, il enfila précipitamment un pantalon en criant : « j'arrive, j'arrive ! », l'enleva pour le remettre à l'endroit, faillit tomber, « voilà j'arrive ! », ouvrit la porte en grand et masqua sa déception comme il put en voyant Johnny sur le seuil. Son ami affichait un air mystérieux qu'il ne lui connaissait pas. Il lui tendit une enveloppe froissée, tachée par l'humidité.

« On a déposé ça pour toi au *Blackbird* et on a pensé… enfin on s'est dit que tu souhaiterais en prendre connaissance au plus tôt… sans attendre samedi », crut-il bon de préciser. Victor déchira fébrilement l'enveloppe. La lettre commençait par : « Cher Victor, mon amour. »

Il réfréna son envie de la lire immédiatement et invita Johnny à boire un café. Attablés face à face, une tasse brûlante dans les mains, ils furent pour une fois gênés de n'avoir rien à se dire. Au bout d'un quart d'heure qui parut interminable à Victor - un peu honteux de souhaiter en son for intérieur le départ rapide de son ami - Johnny prit congé.

Aussitôt la porte refermée Victor se précipita pour lire son courrier. L'écriture était fine et penchée.

« Cher Victor, mon amour,

Tu me manques.

Le soleil s'est levé sur une mer d'argent. Le vent est tombé et nous ne pouvons plus naviguer. Une brume de chaleur estompe la frontière entre le ciel et l'eau, le regard se perd à la recherche de l'horizon disparu.

Le silence est si profond que l'on entend à des milles à la ronde le "plouf" sec des fous de Bassan qui plongent. Peut-être un jour viendras-tu avec moi les admirer ? Je nous imagine par une matinée comme celle-ci, accoudés au bastingage, observant sans nous en lasser cette pluie de flèches immaculées s'abattant sur leurs proies.

J'ai hâte de te retrouver. Cette lettre ne te parviendra probablement jamais, nous ne ferons pas d'escale avant longtemps. Je voulais te l'écrire quand même...

Cette année, la pêche a été difficile, mais l'équipage s'est montré vaillant. Tu ne les connais pas. Ce sont des hommes généreux et courageux. Le plus âgé ne peut plus tirer les filets cette année. Ses compagnons redoublent d'efforts pour compenser cette paire de bras en moins. Je ne les ai pourtant jamais entendus se plaindre. Je suis fière d'eux.

Pour l'heure nous attendons patiemment que le vent se lève afin de poursuivre le banc de harengs qui se déplace vers l'est. Si la chance nous sourit, quelques nuits de pêche fructueuses et nous pourrons mettre le cap vers la côte. Dans deux semaines, trois semaines tout au plus, nous débarquerons notre cargaison. Quelle fête ce sera alors ! Nous serons accueillis au port comme des héros revenus de lointaines et dangereuses contrées. L'arrivée des bateaux s'échelonne sur près d'un mois, et tous les jours, les amis, la famille, les habitants ou les gens de passage viennent les saluer le long de la jetée. La ville est en effervescence, les cales sont vidées à toute allure, les poissons emmenés rapidement dans les charrettes pour être vendus. Le cri des harengères, le tumulte des bars pleins à craquer... Cela te plairait, j'en suis sûre. Parfois, un navire ne revient pas. Au milieu de la foule bruyante, quelques-uns semblent égarés, perdus. Ils rebroussent chemin, sans un mot. Sur leur visage est gravée jusqu'au restant de leurs jours la tristesse digne de ceux qui n'attendent plus personne. Plus tard, dans une chapelle froide, on les soutiendra, on les réconfortera devant un cercueil vide. La solidarité des gens de la mer est sans pareille.

Mais je t'ennuie encore avec mes histoires de marins… Et je sens à l'instant une légère brise, enfin ! Je dois arrêter tout de suite cette lettre inutile, il me faut rejoindre l'équipage.

Iseabel

Post-scriptum :
Je reprends la plume, car ces quelques mots te parviendront peut-être finalement. La pêche fut décevante l'autre jour, nous obligeant à naviguer toujours plus loin vers l'est. Nous avons croisé un navire qui rentrait prématurément pour cause d'avarie et le capitaine a accepté de transporter pour nous un ballot de courriers. J'espère que tu m'attends, ne m'oublie pas. »

Bien sûr qu'il l'attendait ! Bien sûr qu'il ne l'oubliait pas ! Une bouffée d'euphorie submergea Victor : elle pensait à lui autant qu'il pensait à elle et bientôt elle serait là de nouveau. Quelques semaines seulement avant de la revoir, de l'étreindre ! Il eut envie de courir rattraper le pauvre Johnny, de s'excuser de son comportement rustre, de lui dire que oui, c'était bien Iseabel qui lui avait écrit et qu'elle l'aimait, qu'elle l'aimait ! Mais Johnny était déjà loin et il atteindrait Lewiston avant que Victor ne puisse le rejoindre.

Plus tard dans l'après-midi son humeur s'assombrit, sa joie laissa place à l'inquiétude et au doute lorsqu'il prit conscience qu'il devrait inéluctablement, un jour ou l'autre, dévoiler à Iseabel son tumultueux passé.

Au fond il n'avait pas honte de son adolescence. Il avait eu la vingtaine flamboyante, insolente, aventureuse. Et cela avait mal tourné, voilà tout. C'était une autre vie, un autre lui-même. Il avait changé, mais ne regrettait rien. Il ne mentirait pas à Iseabel et lui raconterait les larcins commis autrefois, les filouteries, les cambriolages les plus rocambolesques, les plus audacieux, les tableaux dérobés, les bijoux, les trésors insensés. Il lui décrirait le vol de trop, les hommes de main lancés à ses trousses, la violence et la peur, la perte de ses amis, de sa bande, la fuite éperdue à travers le continent et la clandestinité. Puis la traversée chaotique, la fuite encore, jusqu'à ce village où il avait pu enfin respirer, à l'abri, protégé par cette vallée hors du temps, hors d'atteinte…

Oui, il lui raconterait tout cela sans ambages et il prierait de toute son âme pour qu'elle ne le quitte pas, effrayée ou déçue d'avoir aimé un homme aux visages multiples.

TROISIÈME PARTIE

14. Pêche en mer

Le vent était tombé depuis cinq jours. Après avoir réparé les filets, briqué le pont, nettoyé la cuisine dans ses moindres recoins, raccommodé les voiles, briqué de nouveau le pont, les marins résignés cédèrent à l'ennui. Andrew le cuistot avait sorti sa vieille guitare fissurée et égrenait quelques notes sans conviction, les yeux dans le vague. Il semblait ne jouer que pour les goélands et les mouettes qui somnolaient sur la mer d'huile et la mélodie, mélancolique, ajoutait à la torpeur ambiante. Malcom, le bras droit d'Iseabel, restait de longues heures à fixer le ciel sans nuages, allongé dans son hamac immobile. Les trois frangins avaient sorti le paquet de cartes. Logan avait commencé à rédiger un poème, mais l'apathie générale ne l'inspirait guère. Quelques rimes paresseuses et alexandrins ratés plus tard, il s'était mis aux échecs, jouant en solitaire, un coup les blancs, un coup les noirs.

Seul Bobby profitait de cette pause forcée. Il écoutait béatement les histoires de Stanley, qui semblait s'éloigner de plus en plus des rives de l'autobiographie pour s'aventurer vers des horizons plus romancés. Le vieux loup de mer avait connu plusieurs attaques de pirates dans sa jeunesse, c'était vrai, et leur souvenir restait vivace. Les voiles noires qui se rapprochaient à toute vitesse, le bruit des grappins sur le bois, les cris, la peur au ventre, les camarades transpercés par les sabres… Mais jamais, de mémoire de marin, quiconque n'avait pu leur tenir tête aussi souvent et survivre à chaque fois, comme il y était parvenu.

Et que penser de ce récit mettant en scène des sorcières dont le visage grimaçant sur un corps d'hippocampe était si effrayant qu'à leur vue il en avait perdu ses dents et ses cheveux ? Ces harpies ne s'appelaient-elles pas scorbut ou peste des mers, cette maladie qui couvrait la peau d'ulcères et dont peu guérissaient ? Bobby malgré sa taille impressionnante et ses mâchoires carrées était encore un enfant. Il ne distinguait pas la pure invention de la réalité et prenait tout pour argent comptant.

Le premier souffle, semblable au léger soupir d'un géant assoupi, réveilla d'un coup l'équipe. Les muscles se bandèrent instinctivement, les visages retrouvèrent leur concentration grave, chacun prit son poste et se tint prêt à obéir aux consignes de leur capitaine. Iseabel conclut la lettre qu'elle écrivait à Victor et alla se poster à la barre. Elle ordonna de hisser sans attendre la grand-voile. La mer se forma et le bateau ne tarda pas à atteindre une bonne allure. Enfin de l'air sur le pont !

Iseabel pensait atteindre rapidement une zone poissonneuse, comme elle l'avait écrit à Victor dans son *post-scriptum*, mais les bancs de harengs demeurèrent longtemps introuvables.

Chaque soir, l'Astrolabe, laissé à la dérive, lançait son filet dans les eaux sombres pour piéger les poissons qui remontaient à la surface au moment où le soleil descendait sous l'horizon, comme mus par une machinerie gigantesque qui entraînerait dans un même mouvement les astres, les créatures de la mer et les marées.

Chaque matin voyait les marins ne ramener que du menu fretin, sans intérêt, invendable.

Un soir, Malcom rejoignit Iseabel qui travaillait dans sa cabine, penchée sur les cartes de navigation qui s'étalaient devant elle, à peine éclairée par la lueur vacillante d'une bougie. Il lui trouva triste mine et pensa qu'elle était déçue de ne pas pouvoir rentrer au plus vite, pour une raison que tous à bord connaissaient désormais : elle attendait un bébé. Elle n'avait fait aucun commentaire, pas la moindre allusion, mais sa tunique ample ne suffisait plus à masquer ses rondeurs.

Malcom se trompait. Un autre souci préoccupait le capitaine. Pour gagner les zones de pêche et en revenir les navires devaient parfois traverser le *Firth of Pentland,* un passage de quelques milles situé entre les côtes déchiquetées d'Écosse et un chapelet d'îles brumeuses, les mystérieuses Orcades. Ce bras de mer était craint de tous les marins mais l'éviter obligeait à faire un détour de plusieurs jours très au nord et les stocks de vivres, souvent limités au plus juste, ne le permettaient pas toujours. Or les réserves avaient déjà beaucoup diminué à bord de l'Astrolabe. Ils n'avaient désormais plus le choix : même en se rationnant, il faudrait emprunter ce passage redouté pour éviter la pénurie.

Le *Firth* était bordé de part et d'autre d'innombrables dangers. Côté terre, des falaises abruptes, sombres comme les nuits sans lune, plongeaient brutalement dans les flots glacés. Côté océan, les milliers d'îles Orcades, de toutes les tailles et de toutes les formes, simple rocher émergeant à peine de l'eau ou longue bande de sable surgissant brusquement du brouillard, attendaient que les navires viennent mourir sur leurs rivages inquiétants. Mais aussi impressionnants que fussent ces obstacles naturels et les pièges vicieux que les courants dessinaient devant l'étrave des vaisseaux, rien n'égalait dans le cœur des marins la terreur des Finfolks.

Le plus grand plaisir de ces sorciers malveillants et sournois consistait à provoquer le naufrage des bateaux et à réduire à l'état d'esclaves les survivants éventuels. Curieusement, ces êtres immondes vivaient dans des palais sous-marins magnifiques dans lesquels se succédaient salons en marbre et chambres décorées de draperies dont les couleurs changeaient continuellement. Des couloirs de cristal interminables menaient à des jardins d'algues multicolores éclairés par des centaines de minuscules créatures phosphorescentes. Des poissons irisés et des pieuvres géantes, presque transparentes, y évoluaient comme dans un ballet.

Les Finfolks ne quittaient leur somptueuse demeure que pour semer la désolation sur le rivage des Orcades. Leur apparition était précédée d'un calme aussi soudain qu'inhabituel dans ces parages. Les vagues d'ordinaire rugissantes devenaient simple clapot. Le cri strident des mouettes se muait en lointain écho à peine audible. Le vent, qui faisait hurler les haubans et vrillait les oreilles des marins, tombait brutalement. Le ciel et la mer eux-mêmes semblaient pétrifiés de peur. Une nappe de brouillard recouvrait bientôt tout. À ce moment-là, dans cette atmosphère étrange et désolée, des mirages apparaissaient. Ils revêtaient les formes les plus diverses et variées, mais l'une d'elles semblait récurrente : une frêle barque paraissait sur le point de chavirer, dans laquelle se trouvait une femme avec un ou plusieurs enfants, affaiblis, réclamant de l'aide en gémissant. Aucun capitaine, aucun matelot, ne résistait à cet appel au secours déchirant. Aussitôt un canot était mis à l'eau pour aller chercher les malheureux… Les sauveteurs ne tardaient pas à se rendre compte de l'erreur fatale qu'ils venaient de commettre : à proximité, les naufragés révélaient leur vraie nature : les Finfolks grossièrement déguisés capturaient leur proie et les entraînaient à tout jamais par le fond. Souvent, les membres d'équipage épargnés mais choqués par ce tableau cauchemardesque oubliaient de procéder aux manœuvres élémentaires et laissaient leur bateau s'échouer. Les sorciers pouvaient alors achever leur sale besogne et asservir à tout jamais les survivants traumatisés.

Certains parvenaient à leur échapper. Ils allaient alors se réfugier auprès des pierres dressées à l'intérieur des îles qui avaient la vertu magique de repousser les sorciers. On en trouvait parfois, au fond des tavernes des ports, quelques-uns de ces marins qui avaient réussi à s'enfuir après une attaque de Finfolks. Ils avaient été recueillis près d'un rocher sacré par un fermier compatissant et un navire de passage les avait ramenés chez eux. Ils restaient marqués à tout jamais par leur expérience et avaient la réputation d'attirer le mauvais œil. Aucun capitaine ne voulait les embaucher, personne ne voulait entendre parler de leur histoire, personne ne voulait les voir.

Malcom tenta de rassurer un peu Iseabel : s'ils parvenaient à rebrousser chemin le lendemain, ou le surlendemain, ils pourraient peut-être éviter la traversée de ce détroit maudit. Mais une longue semaine passa de nouveau sans attraper le moindre poisson. C'était désormais inéluctable : ils affronteraient les dangers du *Firth of Pentland* au retour. Pire encore, si la chance ne leur souriait pas rapidement, il leur faudrait rentrer bredouilles. Ce serait alors une campagne si pauvre qu'Iseabel aurait du mal à payer correctement son équipage.

Le découragement guettait les marins de l'Astrolabe lorsqu'à l'aube d'une journée ensoleillée les trois frangins appelèrent leurs camarades à la rescousse pour ramener un filet si lourd qu'ils ne pouvaient le remonter seuls ! Même le cuistot laissa tomber momentanément ses casseroles pour prêter main-forte. Une rivière d'écailles argentée s'écoulait sur le pont, magnifique, sans fin. L'excitation gagnait tout l'équipage. Bobby questionnait en boucle ses camarades : « Vous avez déjà vu ça ? Vous avez déjà vu ça ? », sans obtenir la moindre réponse. Stanley souriait jusqu'aux oreilles en découvrant son unique dent, une fière incisive plantée vaillamment dans une gencive nue et un peu noire. Malgré les efforts considérables qu'ils déployaient, tous riaient désormais, indifférents à la fatigue.

Un énorme cri de joie, un « hourra » poussé à l'unisson, viscéral, fit s'envoler un goéland surpris lorsque Iseabel déclara tranquillement :

« Les cales sont pleines, nous rentrons. »

15.   L'attaque des Finfolks

Quelques jours plus tard, Iseabel engagea l'Astrolabe aux flancs alourdis par sa précieuse cargaison dans le *Firth of Pentland*. L'équipage devait rester concentré pour négocier les dangers naturels du détroit, mais cette dernière difficulté franchie, ils retrouveraient des eaux plus paisibles et accosteraient bientôt.

Le navire allait bon train. Les manœuvres s'enchaînaient, rapides et fluides, afin de maintenir une vitesse soutenue malgré les changements incessants de direction des bourrasques. Les matelots échangeaient les informations essentielles à la bonne marche du bateau, « récif bâbord », « haut-fond tribord ». Les mots claquaient dans l'air tiède et le vaisseau semblait y réagir de façon autonome : soumis aux flux contraires de la marée et des courants, il tanguait et roulait dans la mer croisée, mais continuait de fendre les flots avec assurance et régularité.

Quelques heures après l'entrée de l'Astrolabe dans le passage, un promontoire gigantesque, attaqué de toutes parts par la houle enragée, apparu face à la proue. Ce géant impassible aux pieds rongés par l'écume blanche indiquait la sortie du détroit. Iseabel estima qu'un quart d'heure suffirait pour l'atteindre.

Elle sourit.

Derrière ce cap, une nouvelle vie l'attendait, une vie heureuse à deux, puis à trois. Le vent cinglant ses joues, une main sur la barre et l'autre posée sur son ventre, elle laissa son esprit s'évader, dériver, comme l'Astrolabe et son filet dérivaient au crépuscule. Elle s'imagina, dans quelques mois, repue de bonheur, assise au bord de la rivière…

Elle est fatiguée, la nuit a été interrompue par les pleurs d'un bébé mécontent d'avoir faim. Victor est parti pêcher. Dans une écharpe de toile, elle porte le nourrisson qui dort. Il n'a pas encore de nom, c'est une fille ou un garçon. Puis, un autre endroit, un autre jour, ils se baladent sur un *sloop* qu'Iseabel a retapé. La mer est lisse, le vent souffle gentiment, juste une légère brise suffisante pour avancer sur l'eau turquoise…

Le vent ! D'un coup le sifflement strident du vent à travers les serrures avait cessé. Le silence soudain arracha Iseabel à sa rêverie. Face à elle, le cap avait disparu, dévoré par un brouillard impénétrable et glacial. Elle croisa le regard de Malcom qui la fixait, anxieux, et réagit immédiatement :

« Attention les Finfolks attaquent. Nous sommes à quelques minutes de la sortie du détroit et le courant nous porte. Restez à vos postes, maintenez les voiles tendues autant que possible, mais surtout ne regardez pas à l'intérieur du brouillard. »

Elle réitéra son dernier ordre :

« Surtout, ne regardez pas à l'intérieur du brouillard ! »

Des plaintes lancinantes commencèrent à s'élever. Elles semblaient provenir de tous les côtés à la fois et se faisaient écho, comme rebondissant sur les parois d'un puits sans fond. Le brouillard s'enroula autour des chevilles des matelots tel un serpent blanc. L'atmosphère devint malsaine, irrespirable. Chacun s'efforçait de ne pas paniquer et de garder ses yeux fixés sur ses pieds, ses mains, ou de regarder juste devant soi. En capitaine expérimentée Iseabel ne laissait rien transparaître de son inquiétude, mais sentait la sueur froide couler dans son dos.

« Préparez-vous à l'attaque. Souvenez-vous à chaque instant que tout n'est qu'illusion. Rien de ce qui va se produire n'est réel. Concentrez-vous sur votre tâche, ne vous laissez en aucun cas distraire et nous sortirons bientôt de cette mauvaise passe. »

À la barre, elle continua de donner des ordres précis, sans élever le ton. Iseabel ressemblait à son père, lorsque, des années auparavant, il encourageait son équipage à lutter vaillamment contre les déferlantes redoutables de la « Tempête des Maudits », alors même qu'il savait la bataille perdue.

Malgré la situation dramatique, malgré les hurlements de plus en plus effrayants et les gémissements déchirants qui résonnaient autour de l'Astrolabe, Iseabel inspirait une confiance absolue et ses marins l'auraient suivie jusqu'en enfer. Au demeurant, c'était peut-être leur prochaine destination.

Stanley tentait de calmer Bobby, très impressionné, et lui rappelait les consignes d'usage :

« Concentre-toi sur tes tâches de matelot, gamin. Les Finfolks se nourrissent de ta peur. Si tu les ignores, si tu ne les crains pas, les sorciers ne peuvent pas t'atteindre. »

Mais Stanley n'en était pas si sûr. Lui qui avait déjà vécu quelques attaques de Finfolks trouvait celle-ci d'une ampleur inédite. Il ajouta, malgré tout, avec un sourire forcé :

« Ces maudits sorciers ne peuvent rien contre nous. »

Et comme pour lui donner tort, à peine avait-il fini sa phrase qu'une pluie silencieuse s'abattit sur le pont. Il ne put retenir une exclamation de surprise.

Ce qui tombait du ciel n'était pas de l'eau : c'était du sang. Un déluge rouge et visqueux. Rapidement des flots d'hémoglobine formèrent des rigoles macabres qui dégoulinèrent le long de la coque. L'Astrolabe saignait de tous ses pores. Bobby hurla. Il était terrifié. Cette vision d'horreur, c'en était trop pour lui.

« Calme-toi, calme-toi, c'est un mirage ! Oui les Finfolks nous entourent désormais, oui ils t'attraperont et te feront disparaître si tu les regardes, mais tu ne vas pas craquer Bobby, tu ne vas pas craquer !

— J'ai peur !

— Écoute-moi attentivement et fais ce que je te dis. Tu vas t'accroupir doucement, tout doucement, et poser ta main à plat sur le pont. »

Bobby s'exécuta sans comprendre.

« Tu sens quelque chose ? Stanley était presque obligé de crier désormais pour couvrir le bruit assourdissant des sorciers.

— Je ne sens rien !

— Avec l'averse qui vient de tomber, le pont devrait être trempé, cette pluie de sang n'existe pas, il n'y a rien ! »

Bobby se releva tout doucement, un peu rasséréné.

À côté d'eux, les triplés n'en menaient pas large non plus. Ils essayaient tant bien que mal, au milieu du chaos, de réaliser les manœuvres nécessaires, mais l'effroi ralentissait leurs gestes, ils ne parvenaient pas à se coordonner. L'un d'eux jeta malgré lui un coup d'œil rapide par-dessus son épaule, le temps d'apercevoir en un éclair une tête affreuse, un crâne rongé par le sel sur lequel des morceaux de peau noire pendaient. Deux prunelles rouges luisaient au fond de leurs orbites. Il entendit aussitôt un ricanement éclater à l'intérieur de son propre cerveau et sentit son corps inéluctablement attiré par-dessus bord. Ses deux frères le plaquèrent violemment sur le ventre. Sans ce réflexe, il eût été perdu.

La confusion atteignit son paroxysme. Une centaine de Finfolks galvanisés par l'odeur de la peur glapissaient et vociféraient autour du navire. On entendait le bruit de leurs ongles et de leurs crocs raclant la coque et le claquement sec de leurs mâchoires. Leurs phalanges décharnées s'agrippaient au bastingage.

Ce n'était plus qu'une question de minutes, voire de secondes, avant que les Finfolks ne parviennent à se saisir d'un des marins de l'Astrolabe, lorsque le brouillard se déchira d'un coup à l'avant du bateau, comme s'ouvre un rideau de mousseline. Une trouée dévoila l'impressionnant promontoire noir découpé sur un fond bleu d'azur. Avec un soulagement indescriptible, l'équipage entendit Logan, en poste de vigie, annoncer la fin du *Firth of Pentland.*

L'Astrolabe venait de quitter le territoire des sorciers. Les illusions cessèrent d'un coup, le vent souffla normalement, le cri des mouettes retentit de nouveau. Les Finfolks avaient dû replonger, impuissants et vexés.

L'équipage était sauvé.

Mais il n'eut pas le temps de se réjouir plus longtemps.

Tandis que la brise continuait de disperser les lambeaux de brouillard, une scène terrible apparut à tribord. À mi-chemin entre l'Astrolabe et la côte, un immense navire sombrait, ses trois mâts enflammés transformés en torches gigantesques. Une âcre fumée noire s'en échappait et masqua de nouveau le ciel. L'incendie dantesque qui ravageait le navire interdisait l'accès à la plupart des canots de sauvetage. Seuls deux d'entre eux avaient pu être mis à l'eau et tandis que le nez du navire s'enfonçait inéluctablement dans les flots, certains matelots sautaient directement dans la mer pour fuir la chaleur insupportable. Ils se noyaient aussitôt.

Des fulmars affolés passèrent au-dessus de l'Astrolabe, les ailes en feu, transformés en brandons infernaux. L'un d'eux s'écroula au pied d'Iseabel, agonisant.

Le capitaine pesta. Sans cette attaque de Finfolks et ce maudit brouillard qui leur avait masqué toute visibilité, ils auraient pu secourir ce navire plus tôt, ils auraient peut-être même pu éviter au feu de se propager ! Mais l'heure n'était ni aux doutes ni aux regrets. Un énorme craquement retentit, suivi d'une clameur de panique. Le vaisseau en perdition, désormais à moitié immergé, venait de se briser en deux sous son propre poids.

Iseabel changea de cap pour aller secourir les naufragés.

16.   Un fantôme

Dix kilomètres séparaient la côte de la ferme où mes grands-parents vivaient. Je les parcourais presque tous les jours, dressé sur les pédales d'une bicyclette folle, une *Raleigh* toute rouillée, beaucoup trop grande pour moi. Les freins étaient hors d'usage, mais leur grincement épouvantable faisait sursauter et s'écarter promptement les piétons effrayés, de sorte que personne ne fut jamais blessé. Je m'arrêtais brusquement, stoppé par un talus, toujours le même. Il fallait bien viser, car juste derrière s'étalaient les eaux vaseuses du port, irisées par l'essence des bateaux.

Je laissais mon vélo par terre et m'asseyais sur la grève pour observer, pendant des heures, les mouettes suivre les chalutiers, et les optimistes du « club des marsouins » s'entraîner à tirer des bords. Je prenais plaisir à les regarder, mais n'éprouvais aucune envie de me confronter à la réalité de l'eau et du vent.

Moi, je n'étais qu'un gamin rêveur, un marin des plages. De ceux que la vue de l'horizon et des voiles gonflées enivre, mais qui répugnent à se mouiller et craignent le froid salé du large. De ceux que le balancement des petits bateaux colorés, bousculés par la houle et chahutés par la brise, émeut, mais qui préfèrent la tiédeur lisse des galets à l'humidité glissante des ponts.

Ma grand-mère me proposait bien de prendre quelques cours de navigation : je refusais toujours. Elle me taquinait à ce sujet, me traitait de romantique et de frileux. Elle n'insistait pas, cependant.

Un jour d'orage, sur cette grève familière que surplombait le chemin des douaniers, je vis un fantôme. La marée basse laissait apparaître les rochers couverts de goémon. Le ciel de plomb défiait une mer métallique. Les chalutiers n'étaient pas sortis. Mais à quelques encablures du rivage, dans cette ambiance d'apocalypse tranquille, un funambule s'amusait sur l'eau grise. L'artiste virevoltait. Son corps jeune et bronzé, musclé, survolait les flots, se jouait des éléments. À la faveur d'un rayon de soleil qui perça brièvement entre deux mastodontes noirs, je reconnus son visage, son nez aquilin et ses pommettes saillantes : ce profil ornait un daguerréotype accroché à l'un des murs de la ferme.

Je rentrai à toute allure et déboulai, trempé, dans la cuisine où ma grand-mère finissait de préparer une purée.

« Mamy, Mamy, j'ai vu ton papa sur un voilier. »

Elle cessa immédiatement d'écraser les pommes de terre, lâcha sa fourchette et, tout en regardant par la fenêtre, me répondit, pensive :

« C'est bien possible, mon petit, bien possible… »

Nous n'évoquâmes plus mon aïeul jusqu'à cette soirée d'automne au cours de laquelle ma grand-mère, qui se livrait peu d'ordinaire, m'annonça qu'il était temps, pour moi, d'en savoir un peu plus sur mon arrière-grand-père. Elle précisa, mystérieuse, que je comprendrai plus tard, à l'âge adulte, l'importance de ce qu'elle allait me raconter…

Nous venions de quitter Iseabel aux prémices d'un sauvetage difficile. Le ronflement de mon papy, assoupi dans son fauteuil, couvrait les grésillements du téléviseur resté allumé. Mais au lieu de se lever, de m'embrasser, et d'éteindre la lumière, comme à l'accoutumée, elle cala ses lombaires avec un petit coussin et s'installa pour un nouveau récit.

Heureux de voir la soirée se prolonger, je m'enroulai dans les draps frais. Ils sentaient la lavande.

« Mon père exerçait la profession dangereuse et aventureuse de "chasseur". Son métier consistait à réapprovisionner en sel les "Terre-neuvas", ces navires qui pêchaient la morue au large du Canada ou le long des côtes islandaises. Il allait chercher le précieux condiment, indispensable à la conservation des produits de la pêche, jusqu'au Portugal, l'échangeait quelques semaines plus tard contre plusieurs tonnes de poissons et ramenait ensuite sa cargaison au port pour la vendre.

Invariablement, il expliquait aux acheteurs que la saison s'annonçait particulièrement mauvaise cette année-là, que les bancs demeuraient introuvables, alors même qu'il avait quitté, quelques jours plus tôt, des bateaux obèses, aux cales débordantes de morues. Ce qui est rare est cher : mon père faisait monter les prix.

L'argent qu'il gagnait ainsi, grâce à son dur labeur et un peu de filouteries, il le dépensait pour mener à bien une autre de ses missions, qu'il prenait à cœur et ne lui rapportait, quant à elle, pas un sou : seul lien entre les marins absents six mois sur douze et leur famille, il transportait le courrier. Il connaissait l'importance de ces lettres et n'hésitait pas à faire de longs détours, à accoster dans des ports minuscules ou des criques difficiles d'accès, pour qu'une mère ou une sœur anxieuse puisse être rassurée le plus tôt possible ; pour que ces femmes apprennent, avec soulagement, que le doris de leur enfant ou de leur frère ne s'était pas perdu dans la brume ou que la tempête n'avait pas fracassé leur navire sur un glacier. C'était un messager de l'espoir.

Un après-midi de printemps, au cours du dernier voyage de l'année, il s'engagea dans un loch écossais. Il ne lui restait plus qu'un seul courrier à délivrer, tout au bout, dans un village anonyme. La jeune fille qui en était destinataire déchira l'enveloppe au pied de la passerelle du bateau. Ivre de joie, elle annonça qu'un beau marin la demandait en mariage. Les habitants, reconnaissants, insistèrent pour que mon père reste un peu en leur compagnie, mais celui-ci ne put honorer cette invitation. Il devait repartir sans attendre. Alors, pour le remercier de tous les risques qu'il avait pris et de toute la peine qu'il s'était donnée, on lui offrit ce médaillon. »

Sur ces mots, ma grand-mère sortit de sous son pull un bijou que je voyais pour la première fois. C'était une médaille grossière, très brillante, en or massif. Un navire y était gravé. Peut-être était-ce l'Astrolabe, pensais-je...

« Mon père me confia ne plus avoir subi la moindre avarie ni le moindre vent contraire depuis ce jour. Il continua de mener son bateau sur tous les océans, de se frayer un chemin entre les icebergs et d'emprunter les passages les plus dangereux pour apporter quelques soulagements aux familles esseulées, sans que jamais rien ne le ralentisse. Sa goélette allait si vite, en toutes circonstances, que l'on soupçonnait son capitaine d'on ne sait quelle sorcellerie.

Lorsque son corps fatigué le contraint à prendre sa retraite, à un âge avancé, il m'emmena caboter avec lui en mer d'Iroise, sur un petit voilier qu'il avait bricolé lui-même. Ce fragile esquif, de bric et de broc, tenait si bien la mer qu'il pouvait sortir par tous les temps. C'était prodigieux ! À sa barre, j'ai vu mon père effectuer des manœuvres impossibles. Grisé par la vitesse, il m'expliquait en riant que son médaillon s'occupait du gouvernail, que le vent anticipait ses désirs et que l'étrave commandait au courant. »

Ma grand-mère se tut. Elle me regardait étrangement, tandis que je louchais pour continuer d'admirer son pendentif fascinant.

Je n'osais poser la moindre question. Je craignais de troubler le silence qui s'était installé. Il me semblait qu'un fil ténu reliait ma vieille mamy à son passé, et qu'un souffle pourrait la ramener ici, à cette heure tardive, où elle retrouverait ses rhumatismes et le flou qui envahissait peu à peu ses yeux usés.

Un long moment passa avant qu'elle ne se lève, me souhaite une douce nuit et plonge ma chambre dans l'obscurité. Sur le seuil de la porte, elle conclut dans un murmure :

« Les marins sont superstitieux… »

17.   Le *Kingfisher*

Quand Iseabel ouvrit les yeux, elle pensa qu'elle avait trébuché sur un cordage mal rangé, s'était assommée et avait perdu momentanément connaissance. Mécontente, elle se dressa d'un bond, prête à reprendre le contrôle des opérations, mais vacilla un instant sur ses jambes affaiblies. Quand les papillons noirs qui obscurcissaient sa vue s'envolèrent, elle se retrouva dans une cabine confortable et chaleureuse… qu'elle ne reconnut pas. Entre une armoire en acajou et un lit aux draps parfaitement pliés, un hublot laissait entrer un flot de lumière. Iseabel s'en approcha. La ligne d'horizon séparant le ciel limpide de la mer oscillait doucement, de haut en bas, puis de bas en haut, tel un pendule vertical régulier, rassurant. Elle posa sa main sur la poignée de la porte, hésita un moment - comme si elle craignait d'être emprisonnée, on ne sait où, pour on ne sait quelle raison - puis l'ouvrit d'un coup.

Elle surgit sur le pont d'un navire inconnu, magnifique, peut-être deux fois plus grand que l'Astrolabe et la brise marine finit de la réveiller. Autour d'elle, des matelots qu'elle ne connaissait pas s'affairaient sans lui prêter la moindre attention. Elle s'apprêtait à interpeller l'un d'eux lorsqu'un étranger vêtu avec goût s'empressa de venir la saluer :

« Madame, bienvenue à bord du *Kingfisher,* je m'appelle Douglas Ferret et je commande ce navire. »

Devinant l'inquiétude d'Iseabel, il ajouta immédiatement :

« Votre équipage est sain et sauf. Tout le monde a survécu à l'attaque. »

Abasourdie, Iseabel répondit par une simple question :

« Et l'Astrolabe ?

— Derrière vous. Une importante voie d'eau s'est déclarée lorsque vous avez heurté un récif près de l'île de Stroma. Nous avons pu la réparer sommairement et transférer une partie du contenu des cales pour surélever la ligne de flottaison. Il s'agit d'une solution provisoire.

— Derrière… »

En se retournant elle vit, stupéfaite, son navire toutes voiles dehors, dans le sillage du *Kingfisher*. Sa licorne en bois surplombant l'étrave semblait prête à bondir vers le ciel, et on peinait à imaginer le fier Astrolabe en perdition quelques heures auparavant. Ses souvenirs revenant progressivement, Iseabel s'inquiéta du sort de l'autre bateau, celui, en feu, auquel elle s'apprêtait à venir en aide avant de s'évanouir. Ferret la prit par le bras et lui fit faire quelques pas sur le pont, comme un infirmier le ferait avec une jeune femme convalescente :

« Il n'y avait pas d'autre bateau… Vous étiez seuls dans le détroit lorsque nous vous avons secourus. L'Astrolabe était empalé sur un minuscule îlot rocheux, ce qui l'a d'ailleurs peut-être empêché de s'écraser sur les falaises. De toute évidence, vous vous précipitiez directement sur elles.

— Les Finfolks ! »

Iseabel réalisa en un éclair l'ingéniosité diabolique de l'attaque qu'ils avaient subie. Par un tour de passe-passe prodigieux, une mise en abîme d'une redoutable perversité, les sorciers avaient réussi à créer une illusion dans l'illusion. Le brouillard ne s'était jamais dispersé en réalité et le navire en feu n'avait jamais existé. Ils étaient restés sous l'emprise magique des Finfolks dès les premières secondes et ne s'en étaient libérés à aucun moment.

« Vous avez échappé au pire. Nous nous engagions dans le détroit lorsqu'une nappe de brume localisée, d'un aspect très inhabituel, nous a alertés. Nous nous sommes approchés prudemment et avons repéré l'Astrolabe en très mauvaise posture. J'ai pensé un instant que votre navire était lui-même un mirage et ai failli ordonner de faire demi-tour. Mais la vigie a clairement aperçu un Finfolks tenter d'attraper votre jeune mousse pour le faire passer par-dessus bord.

— Bobby…

— Fort heureusement les sorciers n'étaient pas assez nombreux pour attaquer deux vaisseaux en même temps et nous avons pu les mettre en déroute. »

Douglas Ferret conclut chaleureusement : « Je vous propose de rester à bord jusqu'à l'arrivée, prévue demain, pour vous reposer. Comme vous avez pu le constater, une cabine est à votre disposition. »

Iseabel souhaitait avant toute chose évaluer de ses propres yeux les dégâts subis par son bateau et en reprendre au plus vite le commandement. Mais décliner l'invitation de son hôte après un tel sauvetage eût été malvenu.

Elle ne laissa donc rien paraître de sa frustration et accepta la proposition avec reconnaissance.

Les trois frères étaient restés sur l'Astrolabe. Iseabel les observa pendant quelques minutes, virevoltant dans les haubans, ajustant les voiles pour maintenir une bonne allure et ne pas se laisser distancer par le très puissant *Kingfisher*. Puis elle alla prendre des nouvelles du reste de son équipe que le capitaine Ferret avait également accueilli sur son navire.

Stanley affirma n'avoir jamais vécu une attaque d'une telle violence. Quelle déveine, vraiment, pour sa dernière campagne de pêche ! Pourtant ses yeux pétillaient et il ne semblait pas vraiment regretter cette ultime aventure. Dans une arrière-cour de taverne enfumée, ce vieux roublard en ferait bientôt un récit captivant, une fresque incroyable dont il serait le héros. Iseabel, pas dupe, le taquina gentiment, « Allons, Stanley, tu en as vu d'autres ! », avant de se tourner vers Malcom, qui se tenait juste à côté.

Celui-ci cacha mal son émotion. Il ne l'avouerait jamais, bien sûr, mais cet homme brave, solide, infaillible, avait ressenti la frayeur de sa vie. Il lui tardait désormais de serrer sa femme dans ses bras, d'embrasser ses enfants et de goûter un repos mérité dans son cottage douillet. Iseabel lui glissa un mot de remerciement qui le fit légèrement rougir.

Assis sur une caisse, Logan, perdu dans ses pensées, composait un poème épique que des générations d'écoliers apprendraient peut-être un jour par cœur. Iseabel n'alla pas le déranger. Elle chercha en vain Andrew pendant un moment - elle se douta qu'il était parti visiter les cuisines - puis, guidée par la beauté d'un chant qui s'élevait dans les airs, s'approcha d'un groupe de marins qui reprenait en chœur un refrain populaire. Ils faisaient cercle autour d'un joueur d'harmonica virtuose : Bobby, au milieu de ses nouveaux camarades, soufflait dans son instrument les yeux fermés, un sourire jusqu'aux oreilles. Il rayonnait. Son innocence juvénile le préservait des regrets et des mauvais souvenirs, seuls comptaient l'instant présent et les plaisirs à venir.

Encore troublée, mais rassurée, Iseabel regagna sa cabine. Peu habituée à l'oisiveté sur un bateau, elle s'occupa en planifiant les opérations qu'il conviendrait de mener à l'arrivée. Il serait plus judicieux, se dit-elle, de réparer l'Astrolabe à Lewiston. Trois jours de navigation à peine séparaient le port des eaux abritées du loch Deer. Les forêts locales fourniraient tous les matériaux utiles et les brèches du navire seraient comblées en cale sèche, à marée basse. Et puis, elle retrouverait Victor.

L'après-midi passa tranquille et lumineux. Le soleil refusa pendant longtemps de céder sa place et resta là, immobile et rougeoyant, suspendu au-dessus des flots calmes. L'ombre des deux navires se poursuivant sur l'eau s'allongeait lentement. L'apparition timorée d'un croissant de lune n'y changea rien, le jour le disputait à la nuit. Les forces célestes puissantes et contraires se livraient une bagarre titanesque : pendant quelques minutes, elles semblèrent s'équilibrer parfaitement. Mais dès que le soleil toucha l'horizon, sa disparition inéluctable s'accéléra. Il s'étala sur la mer telle une demi-orange géante posée au bord d'un gouffre avant d'être englouti, d'un coup.

Iseabel rêvassait devant le hublot lorsque l'on toqua timidement à la porte de sa cabine. Elle ouvrit à un jeune mousse dont le visage lui fit irrésistiblement penser à un museau de souris terrorisée. La voix fluette qui en sortit pour l'inviter à rejoindre la salle à manger renforça cette première impression et Iseabel suivit la souris qui trottinait dans les coursives en réprimant un gloussement.

Le dîner fut gai. Les officiers de l'Astrolabe et du *Kingfisher,* tous éprouvés par cette campagne de pêche harassante et par la violence des Finfolks, profitaient ensemble de ce dernier soir de navigation paisible. Le vin coulait plus que de raison. Tandis que la lumière vacillante et chaleureuse des bougies remplaçait la lueur bleutée du crépuscule, les discussions de plus en plus bruyantes se croisaient et s'entrechoquaient au-dessus de la table, roulaient sur les sujets les plus variés ; on comparait les qualités respectives de tels bateaux fameux, on échangeait quelques tuyaux sur les zones de pêches, on évoquait l'existence de nouvelles îles découvertes par hasard par un explorateur chanceux.

Le brouhaha cessa un instant lorsque Iseabel improvisa un bref discours pour remercier ses hôtes. Sincèrement reconnaissante, elle ne cacha pas son soulagement et son bonheur d'être si bien entourée ce soir-là.

Puis la joyeuse agitation reprit. En guise de dessert, le cuisinier apporta un *pudding* énorme, qui régala la tablée. Le capitaine du *Kingfisher* proposa ensuite de goûter un whisky assez fort réservé aux grandes occasions et après quelques gorgées la confusion la plus totale régna dans la salle à manger.

Tout le monde parlait, personne n'écoutait. Stanley braillait plus que tous les autres réunis. Il avait inventé une nouvelle version alambiquée et farfelue de l'attaque des sorciers. Sans doute n'avait-il pas remarqué que son unique auditeur, Bobby, ronflait depuis un moment dans son assiette.

Malcom racla bruyamment sa chaise, se leva en titubant et s'installa à côté d'Iseabel. Les yeux brillants, il lui donna un coup de coude qu'il pensait discret et qui se transforma en franche ruade. En désignant du doigt le petit mousse qui était venu chercher son capitaine un peu plus tôt, il lui bafouilla dans l'oreille : « Dis donc, il lui manque plus que deux longues moustaches à c't animal-là ! »

Iseabel faillit s'étrangler de rire.

87

18.   L'avis de recherche

Avant qu'elle ne parte se coucher, le capitaine du *Kingfisher* proposa une dernière tisane à Iseabel, ce qu'elle accepta volontiers malgré sa fatigue. La cabine de Ferret était à peine plus grande que la sienne. Un lit étroit, une commode marine et une petite table ronde en bois sombre assortie de deux sièges en constituaient l'unique mobilier. Seule une lampe à huile magnifiquement ajourée ajoutait une touche de fantaisie à l'austérité du lieu. Ferret l'alluma et l'ombre des motifs qui l'ornaient fut projetée sur les murs.

Tandis qu'elle admirait la frise de dauphins couronnés, de sirènes nues et de coquilles Saint-Jacques qui dansaient tout autour d'elle, l'attention d'Iseabel fut attirée par une affichette épinglée au fond de la cabine. Un visage y était dessiné au crayon gras, de face et de profil. Elle ne put en détourner son regard. Ni le matelot qui apportait deux tasses et une théière fumante sur un plateau, ni la voix du capitaine qui lui parvenait étouffée et lointaine ne purent l'arracher à cette vision. Sous le portrait de Victor, qu'elle avait reconnu au premier coup d'œil, figurait un chiffre, sans aucune autre indication.

À la stupéfaction succéda l'inquiétude.

Ferret nota le trouble de son invitée et lui demanda sans malice apparente :

« Vous le connaissez ? »

Iseabel ne répondit pas.

« Cet avis a été diffusé partout, il est étonnant que vous n'en ayez pas été vous-même destinataire. »

Comme Iseabel ne réagissait toujours pas, Ferret continua, un brin gêné :

« Je goûte peu ce genre de chasse à l'homme, mais… »

Il laissa la fin de sa phrase en suspens et Iseabel demanda d'une voix blanche :

« De quoi s'est-il rendu coupable ?

— Aucune idée. Mais ceux qui recherchent ce pauvre bougre tiennent réellement à l'attraper. La récompense promise équivaut à cinq ans de salaire, les appétits vont être aiguisés. »

Ferret émit un ricanement déplaisant qui tranchait avec la bonhomie dont il avait fait preuve jusqu'à présent. Il ne lui avait pas échappé qu'avant de demander ce que l'individu représenté sur l'affichette *avait fait*, Iseabel avait omis de lui demander *qui* il était.

Ce fut une erreur. Ferret en conclut qu'elle connaissait cet homme, et même, à en juger par la pâleur de son visage, qu'elle le connaissait bien. L'ambiance se refroidit imperceptiblement et la cabine sembla soudain très étroite.

Iseabel répondit machinalement au capitaine du *Kingfisher*, qui, reprenant son attitude très urbaine, l'avait entraînée sur des sujets de discussion plus anodins. Il lui proposait de régler quelques détails techniques mineurs concernant l'arrivée au port des deux navires le lendemain matin. Mais son ton badin sonnait faux, quelque chose avait changé, le malaise était palpable. Lorsqu'elle prit congé, le regard perçant de Ferret gêna Iseabel. Sa poignée de main, plus longue et plus ferme que nécessaire, moins destinée à saluer qu'à retenir, la répugna.

Elle fut soulagée de se retrouver seule. Mais allongée sous les draps rêches de lin, dans ce lit qui n'était pas le sien, et hantée par le visage de son amant crayonné sur cet avis de recherche, le sommeil la fuit.

L'inquiétude et, progressivement, une sourde colère la submergèrent. Qu'avait-il fait ? Cette question lancinante tourna pendant des heures dans son esprit comme une mouche bourdonnante, paniquée, exaspérante, prise au piège dans un verre retourné. Qu'avait-il fait ? Ses yeux grands ouverts fixaient le plafond invisible, elle échafaudait des hypothèses, des scénarios qu'elle jugeait aussitôt improbables. Exténuée mais toujours incapable de dormir, elle songea que Victor aurait une explication rationnelle et rassurante. Elle en avait la certitude. Il le fallait. Elle se souvint de la fête de Beltane, des feux magnifiques et du cèdre bienveillant qui avait abrité leur première rencontre. Qui était ce pêcheur aux gestes si doux et au regard franc, cet inconnu séduisant auquel elle avait lié son destin, sans hésitation ?

Un homme en danger.

De cela, elle était sûre.

Le soleil revanchard se leva sur une aube sale. Iseabel était debout bien avant qu'il n'apparaisse derrière les falaises. La nuit blanche avait creusé des cernes violets sur son visage, mais ses traits tendus reflétaient une détermination farouche. Son plan était arrêté, ses décisions prises : dès l'arrivée au port, elle laisserait son adjoint superviser le déchargement de l'Astrolabe pendant qu'elle filerait vers Lewiston.

Elle attendit avec impatience que Malcom se réveille. Celui-ci se leva tard et en petite forme. Lorsqu'il émergea, la lumière du jour sembla lui faire mal à la tête et il enregistra en plissant les yeux les consignes d'Iseabel. Fidèle à ses habitudes, il n'émit aucune réserve et ne fit aucun commentaire. Il ramènerait le navire au loch Deer et sous huitaine l'équipage et son capitaine se retrouveraient tous sur place, les salaires seraient distribués et les matelots disponibles resteraient pour assurer les réparations. Pour le reste, Malcom connaîtrait les motifs de l'inquiétude d'Iseabel en temps voulu. En homme fin, il considérait la discrétion comme une vertu cardinale et mettait en toutes circonstances un point d'honneur à ne jamais en savoir plus que le strict nécessaire.

Iseabel remercia une dernière fois Douglas Ferret, qu'elle trouva en train de surveiller ses marins debout sur le pont, les mains derrière le dos. Il lui répondit sans même la regarder. L'individu courtois qui avait sauvé son navire et la vie de tout son équipage avait laissé place sans qu'elle n'en comprenne la raison à un personnage distant, désagréable, dont le comportement frisait l'impolitesse. Mais Iseabel ne s'inquiéta pas de ce changement d'humeur, elle était déjà ailleurs.

Une belle manœuvre coordonnée permit au *Kingfisher* et à l'Astrolabe d'accoster simultanément. Iseabel bondit à terre. Elle alla saluer les trois frères et leur donna rendez-vous à Lewiston. Ils s'étaient montrés héroïques, loyaux, elle aurait dû rester à leurs côtés. Elle le savait. Mais pour l'heure Iseabel n'avait plus qu'une envie : rejoindre Victor aussi vite que possible.

Derrière le port, le village étagé en pente douce exhibait ses petites maisons colorées et coquettes. Iseabel le traversa au pas de course et s'arrêta devant l'écurie du coin. Son nom pompeux gravé sur l'enseigne, *The Glorious Horses,* contrastait avec l'aspect débonnaire des canassons que l'on y vendait. Elle acheta un vieux *Clydesdale*, un cheval de trait obèse à l'allure sympathique, visiblement plus habitué à tracter de lourdes carrioles qu'à faire la course. Lent, mais endurant, il mettrait Lewiston à une journée de voyage.

Confortablement installée sur le large dos de sa monture, bercée par son trot régulier, Iseabel retrouva peu à peu son calme. La tension de ces derniers jours, et surtout de ces dernières heures, lui avait presque fait oublier sa fatigue, mais désormais sa tête commençait à osciller, doucement, au rythme tranquille de l'animal. Ses yeux se fermaient malgré elle. Après cinq mois passés en mer, la terre ferme lui parut une abstraction. Le balancement du cheval faisait écho au roulis de l'océan. La brume couronnant les collines minérales et arides devint l'écume vivante de gigantesques vagues pétrifiées, dont le reflet mouvant se brouillait dans l'eau claire des lochs. L'air était salé, quelques mouettes lançaient leur cri au-dessus des fougères émeraude ondulant sous la brise tiède.

Soudain, elle sentit un choc dans son ventre. Puis un second. Sa peau élastique se tendit et se déforma sous l'effet d'un pied minuscule, ou peut-être d'une main. Encore indifférent à la beauté des choses, vierge de plaisirs comme de soucis, un petit être se réveillait.

19.   Le chasseur de têtes

Au marché de Lewiston, les étals se déployaient, avenants et bariolés, sous le chaud soleil de midi. Protégé par un chapeau de paille, Victor finissait d'emballer quelques légumes de son jardin pour un dernier client. Plus un seul poisson n'encombrait la planche posée devant lui depuis longtemps ; tout s'était vendu aux heures fraîches de la matinée. Après avoir rangé ses affaires, Victor salua un à un ses collègues, quitta la rue agitée et se dirigea vers le *Blackbird*.

C'était une journée agréable, de celles qui vous mettent le baume au cœur sans que vous ne sachiez vraiment pourquoi. Il faisait beau, tout le monde avait l'air de bonne humeur, sans raison particulière. Le bonheur d'une belle vente, la satisfaction du travail accompli se conjuguaient à la perspective de moments agréables à venir, une partie de cartes entre amis, une sieste méritée à l'ombre d'un orme tordu...

Victor entra dans le *Blackbird* tout sourire, mais avant qu'il n'ait eu le temps de s'asseoir, Walter l'interpella d'un ton impératif, pressé, inhabituel :

« Victor, je dois te parler. »

Et il comprit aussitôt. À ce moment, il aurait aimé revenir sur ses pas et reprendre le cours de sa vie paisible en bifurquant dans une autre direction, sans franchir le seuil du *Blackbird* ni croiser le regard inquiet de Walter. Comme l'on efface une erreur, ou que l'on fait demi-tour en s'excusant d'avoir oublié quelque chose en route. On fouille ses poches en quête d'un objet perdu et l'on déclare à son interlocuteur : « excusez-moi, je dois partir. » Une envie profonde, irrationnelle, de simplement rentrer chez lui et d'attendre Iseabel... De laisser le temps passer... De faire *comme si*...

« Un homme te cherche. »

La sentence tomba, brutale. Victor sentit ses jambes se dérober sous lui. Sa gorge sèche lui fit mal. Le taulier le fixait. Il continua, implacablement :

« Grand, habillé avec raffinement, une fine moustache. »

Oui, il connaissait bien ce genre de personnage. Il aurait même pu décrire l'individu qui se tenait debout devant le comptoir il y a peu, ils se ressemblaient tous : un veston croisé et un chapeau noir, des souliers de cuir, un ceinturon à la boucle étincelante : l'élégance morbide des vautours. Il inspirait un mélange de dégoût et de crainte. Seuls quelques-uns osaient s'en approcher pour murmurer à son oreille une ou deux informations monnayables. Il écoutait son interlocuteur sans daigner le regarder et, s'il était intéressé, lui lançait une piécette avec dédain pour récompenser sa trahison, le vil prix de la bassesse.

La voix de Walter s'enroua :

« Il était armé, Victor. »

Bien sûr qu'il était armé ! Victor imaginait sans mal le manteau négligemment ouvert pour dévoiler la crosse d'un pistolet parfaitement graissé, caché sans l'être tout à fait. Un autre plus discret était sans doute accroché à la cheville, totalement indécelable celui-ci. Sa tête était donc encore mise à prix. Ce prince vexé, là-bas, de l'autre côté de la mer, ce prince dont Victor ne connaissait même pas le nom, mais qu'il savait riche et trop puissant pour accepter de se laisser spolier par une bande de gamins culottés, par des brigands en herbe, n'avait jamais renoncé. Une blessure d'orgueil, ce n'était pas grand-chose… mais elle avait suffi à provoquer une colère noire, l'homme avait dû se faire une promesse solennelle qu'il comptait bien tenir : se venger. Combien en avait-il lancé après lui de ces prédateurs sans âme appâtés par le gain, excités par la traque ? Dans les ports, dans les villages, sur les sentiers ou dans les forêts, Victor les imaginait furetant, reniflant, le cherchant sans relâche, confiants, persuadés que leur proie finirait par tomber dans leurs griffes vénales. Ce n'était qu'une question de temps. Il n'avait jamais réussi à semer ses poursuivants finalement.

Le ton angoissé de Walter ramena Victor dans cette taverne isolée, dans cette vallée perdue d'Écosse où il pensait naïvement pouvoir se racheter, se cacher indéfiniment :

« Personne ici ne lui parlera, mais…

— S'il est arrivé jusqu'ici, il me retrouvera sans problème, dans quelques jours, peut-être seulement quelques heures, compléta Victor. »

Il fallait partir.

Maintenant !

Avant de franchir le seuil du pub, Victor bouscula légèrement tata Glinglin. En tournant brusquement la tête, elle croisa son regard et son visage se décomposa.

Victor courait dans le village joyeux et bruyant baigné de lumière. Il lui semblait traverser un décor de théâtre, une scène peuplée d'acteurs. On continuait de vendre et d'acheter, de rire, de se chamailler, de discuter le prix d'une pomme talée, de se plaindre d'un rhumatisme… Chacun récitait son texte, sa ligne de dialogue, mais la pièce se jouait sans lui. Ces maisonnettes de pierre à la solidité rassurante n'étaient que des façades de planches peintes en trompe-l'œil et derrière elles, dans les coulisses froides et nues, Victor fuyait.

Il courait à perdre haleine, minuscule bonhomme perdu dans les champs de bruyères s'étalant des sommets aux ravines, traversait les haies, s'écorchait dans les bosquets épineux. Les gouttes de sueur perlaient de son front sans discontinuer, leur piqûre salée faisait cligner ses yeux aveuglés par le soleil. Ses cuisses et ses poumons le brûlaient.

Il courait et pendant qu'une partie de son esprit ordonnait à ses jambes de ne pas s'arrêter, il essayait d'éclaircir ses idées. Tout était différent cette fois-ci. Il ne pouvait plus partir sans se retourner, traverser un océan ou un désert, changer de peau et oublier : car en mer, quelque part, ou peut-être déjà à terre, Iseabel revenait pour lui…

Iseabel continuait d'encourager son vieux cheval. Il souffrait sous cette canicule, sa robe miteuse était trempée. Il lui faudrait plusieurs jours pour récupérer de son périple. Un pommier à l'ombre duquel s'étalait une herbe grasse serait son oasis, mais, pour l'heure, il trottait vaillamment sur un chemin pierreux et malaisé. Un hennissement de protestation se perdait de temps en temps dans la lande, provoqué par un coup de talon asséné dans le creux de ses flancs. Sa cavalière était pressée.

Iseabel réfléchissait. Il ne s'agissait peut-être que d'une absurde et banale histoire d'argent, allez savoir ? Un vieil impayé, une dette de jeu, n'importe quoi, mais de l'argent elle en avait, elle rembourserait, elle s'en moquait de l'argent ! Ou bien une ressemblance troublante entre Victor et un bandit en cavale l'avait peut-être trompée ? Elle s'imagina riant avec lui de ce *quipro-quo* dans quelques heures, au bord de la rivière. Cette idée la réconforta un bref moment, puis elle retrouva sa lucidité. Ce visage, elle l'avait reconnu. Ces traits, ce regard, étaient ceux de Victor. Inutile de se mentir.

Elle serra les jambes de toutes ses forces, houspilla de nouveau son cheval, et celui-ci, comme s'il comprenait l'urgence de la situation, réussit à accélérer encore.

20.   Sauvés par Big Jack

À genoux dans la tourbe humide, haletant, Victor but l'eau claire d'un ruisseau et y rinça son visage avant de reprendre sa course effrénée. Que ferait-il une fois chez lui ? Il ne pouvait pas s'y barricader, y rester et attendre que l'on finisse par le débusquer. Il devait se réfugier ailleurs et trouver un moyen de prévenir Iseabel pour qu'elle le rejoigne. Il tomba plusieurs fois, se releva tout de suite, sans se préoccuper des bleus, des bosses qui commençaient à couvrir son corps et son visage et arriva devant sa maisonnette, hagard, à bout de souffle. En la voyant ancrée si paisiblement sur ce coteau ombragé, son cœur se serra. Il y avait vécu, comme l'on dit, des jours heureux.

Le bruit de la clef dans la serrure, toujours un peu difficile à ouvrir lorsque le bois avait joué tout l'hiver ; l'odeur rassurante de son intérieur, un mélange d'humidité fleurie, de vieille cendre et de café ; la lumière qui filtrait par la fenêtre et tachait les murs sombres. Tout lui manquerait.

Mais il ne pouvait se permettre le luxe de regrets inutiles. Il prépara fébrilement un baluchon, y enfourna un peu de nourriture, ses économies, un change. Il accrocha une gourde d'eau à sa ceinture. Il hésita devant le râtelier et regarda son fusil rutilant, tentant. Il tendit le bras, mais au contact de la crosse lisse et froide, stoppa net son geste.

Ne pas savoir, ne pas comprendre, voilà le pire. Iseabel avait fini par manquer d'arguments pour se rassurer et le désespoir se répandait en elle, insidieusement. Elle n'avait pas l'habitude de se plaindre, de s'apitoyer sur son sort, mais en revoyant sa vie défiler, en songeant aux moments douloureux qu'elle avait déjà vécus, elle songea que perdre Victor serait la tragédie de trop, elle ne pouvait pas l'envisager. Elle refusait, simplement, cette issue.

Il fallait agir, seulement agir, mais harceler ce pauvre cheval ne servait plus à rien, il ne pouvait plus accélérer, il commençait même à ralentir, il était à bout. Elle-même sentait les crampes commencer à paralyser ses mollets, ses cuisses, ses bras. Elle ne parvenait plus à trouver son équilibre sur le dos de l'animal et se cramponnait de toutes ses forces. Elle s'agrippait au pommeau de sa selle, se crispait pour ne pas tomber. Vint le moment où elle n'y tint plus et dut se résoudre à faire une courte halte. Son cheval put se désaltérer pendant qu'elle s'étirait et assouplissait ses muscles endoloris.

Elle s'allongea. Pendant une minute, se promit-elle. En fixant le ciel limpide, elle supplia tous les dieux qu'elle connaissait ou qu'elle inventait de sauver Victor, de ne pas le laisser rejoindre la triste liste de ceux qu'elle avait aimés et qu'elle avait perdus.

Elle se rappela cette vitre dégoulinante de crachin à travers laquelle elle observait la mer sombre et lugubre comme une attente déçue. Cette mer qui venait d'engloutir son père.

Elle se souvint de sa mère, Aileas, cette femme élégante que l'on disait capable de prévoir l'avenir, de soulager les âmes et de guérir tous les maux, mais qui n'avait pu surmonter son propre chagrin. Elle se souvint de ses absences, de ses silences, du regard inquiet des voisins et des amis, qui comprenaient au fil des jours que la femme de William Mac Kenzie perdait la tête, inéluctablement. On ne pouvait pas l'aider. Un matin, la malheureuse avait eu ce geste insensé : elle avait embrassé sa fille, longuement, sans un mot, lui avait caressé les cheveux, puis elle était partie pour ne jamais revenir. Iseabel se souvenait d'elle comme si c'était hier. Elle ne lui en avait jamais voulu. Mais à huit ans, Iseabel était orpheline.

Elle se souvint de son oncle, affable et excentrique, qui l'avait accueillie, élevée, avait tenté maladroitement de lui apporter toute l'affection dont il était capable. Il fut malgré tout soulagé de la voir prendre son indépendance assez tôt, tant cette petite fille semblait porter en elle le poids d'une incommensurable tristesse, peut-être contagieuse.

Elle se souvint de tous ces moments, et des amitiés éphémères, et des premiers amants vite oubliés.

Elle se souvint de Beltane.

Et s'assoupit...

Elle se réveilla paniquée et se maudit. Le soleil commençait déjà à descendre vers l'horizon : elle avait dû dormir deux bonnes heures, vaincue par l'épuisement. Fort heureusement, ce brave cheval ne s'était pas enfui, il n'avait pas bougé d'un iota et broutait comme si de rien n'était, juste à côté d'elle. Il ne protesta pas lorsque Iseabel lui sauta dessus et repartit au galop, toutes ses forces recouvrées. Iseabel ne s'arrêta plus avant que la vallée de Lewiston ne se dévoile enfin, en contrebas, majestueuse et si calme et que l'on peinait à imaginer qu'un drame pouvait s'y nouer. Elle se repéra aisément et reconnut le sous-bois à flanc de colline qui abritait la chaumière de Victor. Sa monture s'ébroua, un filet de salive mousseuse à la commissure de ses lèvres et, sur un ordre sec de sa cavalière, dévala la pente.

Victor ne remarqua dans un premier temps qu'un vieux cheval qui se roulait dans l'herbe et se tortillait sur le dos en agitant ses jambes en l'air, comme le ferait un poulain. Puis il la vit, exactement là où il l'avait toujours attendue. Elle apparut au bout du sentier, au moment précis où il claquait la porte de sa chaumière. Il sentit le choc doux d'Iseabel qui se fondait dans ses bras et rêva sa présence. Il la serra d'instinct, fort, et lui souffla de ne pas s'inquiéter. Ils partaient tous les deux se mettre à l'abri dans la clairière de Beltane, druide ou pas, forêt interdite ou pas. Ils resteraient introuvables pendant quelque temps. Il lui expliquerait tout. Mais, pour l'heure, il la pressait de s'enfuir.

Victor tentait d'articuler quelques mots vite étouffés par les lèvres fougueuses d'Iseabel. Il répétait « fuyons, fuyons » mais restait immobile. Les deux amants réunis ne pouvaient se séparer. Ils se retrouvaient enfin et la raison ne commandait plus leurs gestes. Ils étaient incapables de bouger, comme prisonniers d'eux-mêmes et de leur soulagement indicible.

À ce moment précis, l'histoire de Victor et d'Iseabel se figea quelques instants, comme se fige l'orchestre lorsqu'il cesse de jouer. Les violonistes tiennent leur archer immobile au-dessus de leur instrument. Les cuivres se reposent. Les vents reprennent leur souffle. Chacun retient sa respiration.

Pas un bruit.

Plus un son.

Les musiciens attendent. Ils comptent les mesures vides de notes, emplies de soupirs et de demi-soupirs.

Le silence s'installe. Il s'étire et prend ses aises.

C'est un silence encore plein de musique et de baisers, une pause dans le déluge de croches, de doubles croches, et de triolets frénétiques. C'est une mélodie à part entière, que chacun joue comme il l'entend, musicien ou amant...

Puis le chef d'orchestre lève sa baguette.

Les regards sont suspendus à ce geste. La baguette s'abaisse, c'est le signal, l'orchestre se déchaîne de nouveau. On tourne la page de la partition et un nouveau mouvement commence...

Un *bong* sonore et sourd comme un coup de tambour les fit sursauter. Ils se retournèrent et virent Big Jack qui se tenait juste derrière eux. Au bout de son bras pendait une massue monstrueuse et à ses pieds gisait un homme en costume noir, dont le chapeau à large bord avait volé quelques mètres plus loin. On voyait son front sans ride enfler et bleuir. Un pistolet argenté luisait dans la paume de sa main droite. Il tenait dans l'autre un morceau de papier chiffonné sur lequel on devinait le portrait de Victor.

Big Jack avait une expression indéfinissable : son sourire d'ogre satisfait contrastait avec la lueur de colère qui brillait encore dans ses yeux. Il regarda distraitement les amoureux enlacés, comme s'il ne les reconnaissait pas, et grogna pour lui-même :

« Sale engeance que ces chasseurs de primes. »

Et au cas où l'on aurait pu en douter, il ajouta :

« Je les déteste. »

21.   Le passé de Victor

Victor et Iseabel se tenaient toujours l'un contre l'autre, leur regard passant alternativement du visage de Big Jack au corps étendu par terre. Ils peinaient à réaliser ce qui venait d'arriver.

Jacky traîna sa victime par la jambe jusqu'à un bosquet en marmonnant. Celui-là, on ne le reverrait pas dans les parages de sitôt, il en faisait son affaire. Il revint vers le couple, les sourcils encore froncés, la lippe mauvaise. Sans un mot, il serra la main de Victor. Puis il prit Iseabel dans ses bras. Elle y disparut entièrement.

Victor était sauvé. D'autres hommes étaient peut-être lancés à ses trousses, il n'en avait peut-être pas tout à fait fini avec eux, mais le danger immédiat était écarté ou plutôt, assommé. Il se trouva ridicule pendant quelques secondes, debout avec son sac de vêtements, sa gourde et ses vivres, la porte de sa maison fermée à double tour et la clef encore dans sa main.

Ce cauchemar se terminait ici et maintenant. Quelques instants plus tôt, il n'était qu'un fuyard solitaire au destin incertain et voilà qu'il se retrouvait sain et sauf, Iseabel à ses côtés, belle comme jamais malgré ses traits tirés par la fatigue. Il la dévisagea, amoureux, indifférent à la poussière et à la boue qui la couvraient des pieds à la tête. Il aurait pu rester des heures à la regarder ainsi, sans autre envie que de la regarder encore et encore… Mais la voix de Big Jack le ramena à des considérations plus terre à terre :

« Peut-être pourrions-nous manger un morceau ? lança-t-il.

— Bien sûr, bien sûr, balbutia Victor précipitamment, entrez, entrez ! »

Victor laissa la porte grande ouverte derrière lui et le soleil s'engouffra généreusement dans la chaumière. Big Jack fit grincer le fauteuil en s'y affalant. Iseabel tira une chaise et s'assit face à lui, un sourire jusqu'aux oreilles : qu'elle retrouve ce bon vieux Jacky dans pareilles circonstances semblait lui paraître naturel, et, comme s'il s'agissait là d'un après-midi tout à fait banal, elle engagea la discussion avec lui d'un ton enjoué. Victor prépara du thé pour trois personnes, puis s'installa à son tour, non sans avoir au préalable déposé devant Big Jack un énorme *pudding*. Le colosse attaqua le gâteau sans proposer de le partager - ces émotions lui avaient ouvert l'appétit - tandis que Victor et Iseabel le regardaient avec cette indulgence amusée qu'ont les parents pour un enfant turbulent et débordant de vitalité. Sa dernière bouchée à peine avalée, il indiqua quelque chose derrière lui d'un mouvement du pouce, par-dessus son épaule, sans se retourner. :

« Je l'ai repéré de loin depuis le premier étage de mon manoir, avec sa démarche bizarre, pas claire. J'ai d'abord pensé à une entourloupe en rapport avec mon terrain. »

Il regarda Victor : « Tu sais à quel point *ils* aiment venir me chercher des noises avec ces vieilles histoires de propriété, bientôt *ils* viendront m'annoncer que le manoir ne m'appartient pas, tu connais *leurs* manières tatillonnes, sournoises. » Victor acquiesça énergiquement tout en évitant de croiser le regard d'Iseabel. « Mais au lieu de s'approcher il a continué son chemin, en direction de Lewiston. À travers la longue-vue, je me suis aperçu qu'il était armé d'un revolver. J'ai compris tout de suite de quoi il retournait, ces chasseurs de primes, je les renifle à dix kilomètres ! »

Big Jack s'interrompit pour demander à Victor s'il ne lui restait pas un petit quelque chose à grignoter. Il continua son récit après avoir entamé son deuxième gâteau :

« La présence d'une de ces racailles dans les parages ne m'inspirait rien qu'y vaille, j'ai décidé de le suivre. Je voulais m'assurer qu'il quitte la propriété et j'ai finalement continué de l'espionner à bonne distance, par curiosité, jusqu'à ce qu'il s'arrête devant chez toi. La suite, vous la connaissez. »

Il s'interrompit, regarda Victor, mais ne posa pas la question qui lui brûlait les lèvres. Les affaires des autres, ça ne le regardait pas. Le passé, c'était le passé. Sa propre vie comportait aussi quelques zones d'ombre d'ailleurs. Cela pouvait arriver à tout le monde d'être en délicatesse avec la loi, même au point d'avoir un chasseur de têtes à ses trousses… Voilà ce que Big jack se disait. Mais il se demandait tout de même, au fond de lui, quel crime Victor avait pu commettre pour se retrouver dans pareille situation. Et malgré son soulagement, Iseabel attendait aussi, désormais, une réponse aux interrogations qui la hantaient depuis qu'elle avait vu l'avis de recherche dans la cabine du capitaine Ferret.

Tandis qu'un lourd silence s'installait, Victor sut qu'il ne pouvait se dérober plus longtemps. Ce moment, qu'il redoutait tant, arrivait enfin.

Comment réagirait-elle ? Et que penseraient de lui ses amis lorsqu'ils apprendraient son sulfureux passé ? Il gardait la tête penchée en avant, mal à l'aise, les yeux rivés au sol.

Il chercha ses mots, s'éclaircit la gorge :

« Je ne sais comment te remercier Jacky… Vous devez vous demander… Pourquoi ? »

Il leva la tête et regarda tout à tour son ami et Iseabel avant de fixer de nouveau ses pieds.

« Il y a quelques années, j'étais encore très jeune, j'avais une bande de copains, un peu filous, pas méchants, tous très pauvres. Nous commettions quelques menus larcins, de-ci, de-là. Ce n'était pas grand-chose, nous volions essentiellement pour survivre, du moins au début. Mais petit à petit, une sorte de compétition s'installa entre nous. C'était à celui qui réussirait le vol le plus osé, le plus discret, le plus rapide.

De rapines en chapardages nous commençâmes à améliorer notre ordinaire. Nous n'étions pas encore riches, mais n'avions plus faim et volions désormais par plaisir plus que par nécessité. Le plus important était de relever les défis que nous nous lancions. Le butin comptait moins que l'audace du geste, nous déployions des trésors d'imagination et faisions preuve d'une grande habileté pour parvenir à nos fins, indifférents aux risques, un peu inconscients sans doute, comme on l'est à cet âge-là. Tant et si bien que notre réputation finit par nous précéder. On racontait nos "exploits" dans la région et l'on ressentait à notre endroit une sorte de curiosité, voire une certaine admiration. Je dois préciser, même s'il ne s'agit pas d'une excuse, qu'aucun de nous ne fut jamais violent et qu'il était hors de question d'effrayer qui que ce soit. Nous repérions les lieux, attendions qu'ils soient vides et agissions alors, escaladant des façades vertigineuses, forçant des serrures retorses dont les fabricants garantissaient qu'elles étaient inviolables, avant de disparaître avec notre butin. Nous désignions ensuite, collégialement, celui qui avait accompli le cambriolage le plus audacieux.

Nous réussîmes un jour à dérober un vieux bracelet en or à celui-là même qui l'avait volé quelques années plus tôt. Le lendemain matin, son ancienne propriétaire, une dame pauvre et d'un certain âge, qui ne s'était jamais consolée de la perte de son unique bijou, le retrouva à son poignet. Nous étions fiers alors de ce coup de maître et avions la naïveté de penser que nous avions, en quelque sorte, réparé une injustice. Ce dernier tour de passe-passe nous rendit très populaires, nous nous grisâmes de nos propres exploits et continuâmes de prendre des risques inconsidérés, nous attaquant à des hommes de plus en plus riches, mais surtout, de plus en plus puissants.

Jusqu'au jour où l'on annonça l'arrivée d'un prince en ville. Il traversa la cité comme un conquérant paradant dans un pays vaincu, étalant ses richesses, entouré de serviteurs et d'une cohorte de gardes. Il s'installa dans une haute bâtisse ceinte de murs apparemment infranchissables, presque une forteresse. Tous les habitants virent là un défi pour ces cambrioleurs dont la hardiesse défrayait la chronique depuis quelques mois.

Forcément, nous tombâmes dans le piège... Cette fois-ci, nous avions décidé de travailler tous ensemble, nous voulions frapper un grand coup, asseoir définitivement notre réputation de voleurs intrépides et surdoués. Nous mesurer les uns aux autres ne nous suffisait plus. Nous cherchions la gloire désormais, la célébrité. Nous réussîmes sans trop de mal à trouver une astuce et à pénétrer dans la propriété.

Lorsque toute la bande fut à l'intérieur, le piège se referma. Le prince et ses sbires nous attendaient, il se doutait que nous tenterions quelque chose. Dès que nous fûmes repérés, ce fut la débandade. Le prince avait une réputation à défendre, lui aussi, et il n'eut aucune pitié. »

Victor fit une courte pause pour la première fois depuis qu'il avait entamé son récit. À l'évocation de ces souvenirs, le courage sembla l'abandonner, sa voix se mit à trembler :

« Deux d'entre nous ne sortirent jamais de la maison. Les autres s'enfuirent comme ils le purent, certains furent rattrapés dans la rue, d'autres un peu plus loin, un peu plus tard. Ils furent traqués sans relâche, ne purent se réfugier nulle part. Je fus le seul à pouvoir m'échapper et changer de ville. Cela ne suffit pas, ils me retrouvèrent. Je changeai de pays, cela ne suffit pas... Ils me retrouvèrent de nouveau. Un capitaine de navire accepta de m'embarquer à fond de cale, moyennant une rétribution très généreuse.

D'errance en errance, j'arrivai ici, et décidai de m'y arrêter, avec en moi le secret espoir que le prince finirait par se décourager et que je puisse vivre dans cette vallée, près de cette rivière, la vie humble et paisible à laquelle j'aspirais désormais. »

22.   Le sacrifice d'Iseabel

Son récit terminé, Victor n'osa pas regarder Iseabel. Il craignait son jugement, attendait le verdict. Comme un joueur attend de savoir de quel côté la pièce qui tourne va tomber. Colère ou indifférence ? Pile ou face ? Condamnerait-elle ses frasques passées ? Lui pardonnerait-elle ? Serait-elle horrifiée ?

Lorsque, enfin, Victor releva la tête, il ne lut dans les beaux yeux noirs d'Iseabel que la compassion et le soulagement. Elle semblait se dire : « Il ne s'agit donc que de cela ? Quelques larcins commis pendant son adolescence ! Et quel genre de prince cruel, de prince fou, envoie une bande d'assassins aux trousses de jeunes écervelés ? »

Serrant fort la main de Victor, elle se contenta de conclure, rassurante :

« Tout cela est fini désormais. »

Après un raclement de gorge énorme, Big Jack, dont Victor avait presque fini par oublier la présence, compléta d'un ton enjoué :

« Oh oui, bel et bien fini ! » Il paraissait particulièrement gai et absolument indifférent à ce qui venait d'être raconté. Seule Iseabel l'intéressait. Il la regardait avec un air attendri. Ses sourcils broussailleux se levaient à intervalle régulier. Ses yeux pétillaient. Puis il fixa Victor, avec insistance, en tendant le cou et en donnant des petits coups de menton vers l'avant…

« Mais enfin qu'est-ce qui lui prend ? » se demanda Victor.

Comme la théière était vide, Iseabel se leva pour la remplir de nouveau. Victor la suivit du regard. En un éclair, il comprit enfin que oui, son passé était derrière lui, que celui-ci n'avait plus aucune importance. Seul comptait désormais l'avenir ! Il venait de remarquer, à son tour, le ventre arrondi d'Iseabel.

Était-il possible, en cet instant, d'être plus heureux que lui ? En se rasseyant, Iseabel lui sourit et lui fit un clin d'œil complice. Une heure s'écoula pendant laquelle Victor se laissa bercer par la discussion entre Iseabel et Jacky sans rien écouter, incapable de se concentrer.

Dans sa tête une phrase tournait en boucle. Il se répétait inlassablement, « je vais être papa », « je vais être papa », sur tous les tons, comme pour mieux réaliser le sens de ce mot magique, comme pour mieux s'en imprégner.

Lorsqu'il entendit le hennissement du cheval d'Iseabel, qui était resté près de la maison, Victor alla chercher au fond d'une corbeille d'osier quelques morceaux de pain durs pour les lui donner. Il avait mérité une petite récompense, ce brave animal qui lui avait ramené son amoureuse.

Big Jack se leva en même temps. Il fallait laisser ces deux tourtereaux à leurs retrouvailles désormais. Victor lui mit dans les mains deux beaux poissons fraîchement emballés et le raccompagna, avec Iseabel. Ils firent quelques pas avec lui sur le sentier.

« Embrasse ta dame de notre part, et à partir de maintenant, tu ne paieras plus un seul poisson, je te dois bien ça ! Sans toi, qui sait ce que nous… »

Victor n'acheva pas sa phrase. Un éclat de bois, un morceau d'écorce arraché d'un tronc, frôla sa tempe. D'un geste réflexe, il repoussa Iseabel qui échappa de peu à une deuxième balle. La troisième vint se ficher dans le volet juste derrière eux. Au quatrième coup de feu, Victor plongea ventre à terre. Cette fois-ci le projectile passa si près qu'il en sentit le souffle vicieux avant même d'être assourdi par la détonation du fusil. En quelques secondes, l'air s'emplit d'une âcre odeur de poudre.

Iseabel rampa jusqu'au tronc d'un arbre mort tandis que les balles pleuvaient sans discontinuer, un vrai feu roulant. Elle jeta un coup œil rapide par-dessus son abri de fortune et reconnut immédiatement, stupéfaite et terrifiée, les trois individus qui s'avançaient d'un pas décidé en rechargeant leurs armes : deux matelots et le quartier-maître du *Kingfisher*. Ils avaient dû n'avoir aucun mal à la suivre depuis le port. Elle les avait conduits directement ici. Les paroles du capitaine Ferret lui revinrent en mémoire : « la récompense promise équivaut à cinq ans de salaire, les appétits vont être aiguisés. » Elle se souvint de son regard pénétrant, inquisiteur. Il lui avait suffi de donner quelques ordres. Cinq ans de salaire, « ou peut-être un nouveau bateau », pensa-t-elle, amère, avant de voir Victor s'effondrer.

Son genou droit craqua, sa jambe se déroba sous lui et Victor n'eut même pas la force de crier. Submergé par la douleur, il se réfugia derrière la cabane pendant que Big Jack, dans un état de rage indescriptible, le visage rubicond, repoussait les assaillants en leur lançant tout ce qu'il trouvait sous la main. Les deux matelots reçurent une branche énorme en pleine poitrine et tombèrent à la renverse ensemble, le souffle coupé, comme deux pantins grotesques. Mais le quartier-maître, plus vif, s'écarta promptement et visa Big Jack dans un même mouvement. Il tira sans hésiter, froidement, et Jacky recula d'un pas en arrière avant de s'écrouler à son tour en grondant.

Victor, allongé sur le flanc, sentait la terre et les aiguilles de pin qui lui chatouillaient la joue. Il vit l'image inversée du tueur qui approchait, comme au ralenti.

À sa gauche Big Jack gisait sur le dos, incapable de bouger, colosse terrassé et impuissant.

À sa droite, Iseabel se relevait.

Il ne comprit pas tout de suite ce qu'elle s'apprêtait à faire, il voulut lui hurler de rester cachée, mais il n'émit qu'un râle inaudible, à peine un gargouillis.

Une paire de souliers poussiéreux s'arrêta devant son nez. Il entendit le cliquetis lugubre d'un chien de fusil que l'on arme. En arrière-plan, comme à travers le prisme d'un kaléidoscope déglingué, la silhouette d'Iseabel, floue, se dressait dans la lumière déclinante. Elle enleva calmement son habit de coton et dévoila un tissu coloré et usé qui ceignait sa taille. Elle le prit, le déplia et le brandit avec assurance devant elle. Elle murmura des paroles que le vent ne porta pas.

Le hurlement silencieux de Victor se perdit dans un brouillard de désespoir. De toute son âme, il la pria, il la supplia, il la conjura de reposer le *Bloody Flag*. En vain. Avant qu'elle ne disparaisse, il sentit ses lèvres effleurer son oreille et l'entendit prononcer distinctement, cette fois-ci, des mots étranges dont il ne comprit pas le sens. Il voulut s'accrocher à elle, à son cou, à sa taille, mais ses bras ne rencontrèrent que le vide, ses mains se refermèrent sur le néant.

Iseabel n'était plus là.

QUATRIÈME PARTIE

23.   L'accident sur la rivière gelée

Bien des années plus tard, tandis que Big Jack jouait sur l'estrade en clôture de la grande braderie annuelle de Lewiston, le vieux Victor se remémorait cette journée tragique et pleurait. Les larmes qui roulaient sur ses joues s'égaraient parfois en route et terminaient leur course lente et sinueuse dans sa barbe pendant que la foule heureuse continuait de valser autour de lui.

Il se souvenait avec une précision cruelle du piaillement des oiseaux invisibles et de la mélodie de l'eau qui s'écoulait quelques mètres plus bas tandis que Jacky et lui, abasourdis, se découvraient indemnes de toute blessure. Big Jack palpait sa poitrine intacte. Victor ne ressentait plus aucune douleur. Son genou horriblement mutilé quelques secondes auparavant était guéri. Aucune cicatrice. Rien. Debout tous les deux, ils scrutaient les arbres autour d'eux, comme égarés dans ce paysage pourtant si familier.

Disparu le nuage de poudre et son odeur mortifère, disparus le sang et les fusils, disparus les assassins.

Le troisième et dernier vœu du *Bloody Flag* avait été exaucé. Iseabel, courageuse et rebelle, s'était sacrifiée pour les sauver.

La suite, Victor s'en souvenait à peine.

Il était retourné pêcher dès le lendemain, avec l'espoir fou de voir Iseabel à son retour, assise dans son fauteuil, les mains sur son ventre rond, lui adressant un sourire ironique qui semblait vouloir dire : « je t'ai bien eu non ? »

Puis les journées s'étaient enchaînées et avaient formé des semaines, des mois et des années inutiles. Sa peau s'était tannée, le bonheur avait disparu, les habitudes étaient restées.

L'histoire de sa traque et sa conclusion brutale avait fait le tour du pays et même traversé les océans. Personne n'aurait pris le risque de pourchasser Victor désormais, à aucun prix. On le disait protégé par des forces magiques d'une puissance qui dépassait l'entendement. Les avis de recherche collés un peu partout s'effacèrent au fil du temps : vides de sens, dénués de promesses, ils retrouvèrent leur destin de papier et s'évanouirent dans la nature, déchirés, piétinés, oubliés, dans l'indifférence générale.

En séchant ses larmes, Victor songea qu'il avait, dans son malheur, la chance rare d'être entouré d'amis fidèles et aimants qui l'avaient consolé, soutenu, avec une compassion infinie, sans jamais lui poser une seule question. Aujourd'hui encore, il savait pouvoir compter sur eux comme jadis.

Le docteur Peter Kilmartin s'accommodait tout à fait de sa curieuse maladie bien qu'elle ait empiré au fil des ans. Johnny continuait de vivre dans la lune la plupart du temps. Walter essuyait toujours son comptoir usé, imperturbable et taciturne, à peine gêné par quelques rhumatismes aux coudes. Quant à Big Jack, il était devenu pour Victor un ancien compagnon de guerre, presque un frère de sang. Ce qu'ils avaient vu ce jour-là, ce qu'ils avaient vécu ensemble, les liait pour la vie. D'ailleurs ce n'est pas uniquement en raison de sa force que Victor avait sollicité l'aide de Jacky pour sauver sa toiture menacée par un arbre déraciné. Tout à la fois vestige d'un passé révolu et refuge intemporel, écrin d'un amour perdu et temple dédié à son souvenir, cette chaumière était devenue un prolongement de son âme. On aurait pu aisément en reconstruire une autre, plus grande, plus belle, plus solide en réalité, mais la préserver, intacte, relevait d'une nécessité vitale. Et cela, seul Jacky, témoin de cette tragédie insensée, pouvait le comprendre.

Le sac rempli d'échalotes que tata Glinglin lui avait donné, pour on ne sait quelle raison, pesait au bout de son bras. Un élancement dans l'épaule ramena Victor sur la place de Lewiston où il continuait de regarder sans le voir, de l'écouter sans l'entendre, son ami musicien. Il était temps de rentrer. Le chemin lui paraissait long désormais, surtout de nuit. Avant de quitter la place, il jeta un dernier coup d'œil aux danseurs. L'un d'eux, aérien et gracieux, surpassait tous les autres. Il tenait par la hanche, avec assurance et délicatesse, une femme d'un certain âge, très distinguée, et la conduisait élégamment, un-deux-trois, un-deux-trois, un-deux-trois... Peter, tout à fait réveillé, semblait voler.

La braderie de Lewiston marqua la fin de l'automne. L'hiver arriva vite et fut rude pour les hommes comme pour les bêtes. Si rude qu'au milieu du mois de janvier, fait rare, les druides se réunirent pour une cérémonie secrète et unique destinée à apaiser la colère des dieux. Personne ne sut ce qu'ils y firent, quelles incantations y furent prononcées, mais elle resta sans effet.

Des semaines que le vent n'était pas tombé. La glace s'accumulait à l'horizontale sur le rebord des toits de chaume, les murs se fendaient sous l'effet du gel. Dans les bergeries, incapables de se réchauffer malgré leur laine, malgré la paille, les animaux mouraient en nombre. La neige avait effacé les sentiers, fait disparaître les murets de pierre qui délimitaient les champs, lissé les reliefs. Les cascades s'étaient pétrifiées. Pour apercevoir un peu d'eau vive et libre, il fallait gravir les montagnes et chercher les sources, minuscules et gazouillantes au fond de leur berceau de glace.

Certains matins, Victor peinait à ouvrir la porte bloquée par les congères formées pendant la nuit. Il avait même dû sortir un jour par son étroite fenêtre et s'était retrouvé coincé, dans une position un peu ridicule qui aurait pu le faire sourire si la morsure du froid n'avait paralysé ses lèvres gercées.

Le travail devait, malgré tout, continuer. Pas question de rester près de la cheminée, à attendre le retour du printemps. Son café bu, il s'emmitouflait soigneusement dans une peau de mouton, cachait ses oreilles sous un épais bonnet et enfilait des moufles dont seule l'extrémité des doigts dépassait. Puis il rejoignait la rivière gelée.

Le jour n'était qu'un pauvre dégradé de gris émergeant à peine de la nuit noire. Les collines enneigées semblaient se reproduire à l'infini, toutes semblables, immobiles et silencieuses. Le soleil blanc et froid apparaissait rarement et ne réchauffait rien tandis que le vent cinglait les quelques morceaux de chair impossibles à protéger.

Muni d'une pioche et d'un foret de métal, le pêcheur brisait la couche de glace là où elle semblait moins épaisse. Il posait une ligne avec deux ou trois hameçons dessus, la déroulait jusqu'à la berge et l'accrochait à une branche fine et souple fichée dans le sol. Puis, son dispositif installé, il creusait un trou et s'y terrait. Il attendait pendant des heures qu'une touche hésitante fasse s'incliner la canne à pêche de fortune, tandis que sa barbe se couvrait de petits glaçons et s'alourdissait, jusqu'à devenir une longue stalactite prolongeant son menton.

Au cours d'un de ces après-midi interminables, sa routine hivernale fut perturbée par un glapissement de renard. Il n'était pas rare en cette période d'entendre les cris aigus du goupil mais, cette fois-ci, Victor y décela des inflexions qui trahissaient la douleur et la panique. Il sortit aussitôt de son abri et scruta les environs. On n'y voyait pas à cinq mètres. Le cri émergeait du brouillard, un peu plus loin. Il s'avança dans sa direction, gêné par la neige fraîche tombée en abondance pendant la nuit et ne tarda pas à repérer la petite boule rousse qui tirait frénétiquement sur l'une de ses pattes, prisonnière d'un piège invisible.

Victor s'approcha prudemment. Il chercha un bout de bois dont il tailla la pointe en biseau, puis d'un geste vif et assuré le plongea dans la poudreuse pour en ressortir un amoncellement de branches et un vieux cordage qui avait formé une sorte de collet, quelques centimètres sous la surface. Plus l'animal affolé tentait de s'en dégager, plus le piège se resserrait. Victor réussit à glisser l'extrémité de son bâton entre la patte et la corde, créant assez de jeu pour permettre au renard de se libérer, d'un coup. La pauvre bête s'enfuit sans demander son reste. Sa queue en panache disparut dans le brouillard.

Victor se réjouit d'avoir pu aider l'animal. Sans lui, il serait mort de faim ou d'épuisement. Ce n'était pas grand-chose, mais il avait l'impression d'avoir pu rendre à la nature un peu de ce qu'elle lui offrait chaque jour. Ce sauvetage le mit de bonne humeur, il revint vers sa ligne d'un bon pas, reprenant en sens inverse le chemin creusé dans la neige, sans se méfier.

Il aurait dû. L'hiver est sournois, qui transforme les paysages riants en étendues stériles et couvre de ses flocons inoffensifs les pièges les plus vicieux.

Victor s'immobilisa soudain.

Évita tout mouvement.

N'osa même plus respirer.

Il venait d'entendre, très nettement, un craquement sinistre juste sous ses pieds.

De mémoire, la rivière formait un coude en amont de la zone où il pêchait aujourd'hui. Désorienté, il avait dû la traverser sans même s'en rendre compte et se trouvait probablement à la verticale de son point le plus profond, à mi-distance des berges. Et de toute évidence, peut-être à cause du fort courant qui avait empêché l'eau de geler complètement, la glace à cet endroit était moins épaisse qu'elle n'aurait dû l'être.

Devant lui, la tranchée de neige creusée lors de son premier passage menait à sa ligne qu'il devinait à quelques mètres. Il leva doucement son pied, tâtonna et le reposa avec précaution un peu plus loin, en prenant soin de rester exactement dans ses traces. Il espérait retrouver une prise solide… Las, le craquement s'intensifia.

Le cœur battant à tout rompre, Victor eut la vision fugitive de la glace lézardée formant une étoile brisée dont il était le centre.

Après un instant d'hésitation, il continua d'avancer malgré tout et, cette fois-ci, vit nettement une crevasse étroite filer sur la mince couche de neige qui recouvrait la rivière. Elle progressa très vite d'abord puis ralentit et s'arrêta, tel un serpent engourdi par le froid.

Il poussa un léger soupir et se figea de nouveau.

À la tentative suivante, la glace céda sous son poids et tout bascula en un instant.

Victor fut aspiré par l'eau mortelle comme par un siphon géant. Il enfonça ses bras par réflexe dans la neige et réussit à maintenir sa taille au-dessus de la surface, mais la situation devint rapidement critique. Le courant glacial paralysait ses jambes et menaçait de l'entraîner tout à fait, tandis que le haut de son corps luttait de toutes ses forces, se contractait, cherchait la moindre prise pour se redresser, pour échapper à la rivière.

Ses doigts recroquevillés perdaient peu à peu leur sensibilité. Victor tenta de s'appuyer sur ses bras, sur ses coudes, mais le courant continuait impitoyablement de le happer et il ne pouvait que retarder le moment où il plongerait définitivement.

Il eut le temps de songer que cette fin était absurde. Cette rivière qu'il chérissait, qui le nourrissait, allait devenir son tombeau. Il luttait toujours mais ne sentait plus ses membres. Le froid saisit sa poitrine, son cœur commença à ralentir.

24. Le sauvetage

Victor s'envola aussi brusquement qu'il avait chuté. Le puits sombre et avide auquel il essayait d'échapper une seconde auparavant s'éloigna à toute vitesse. De plus haut encore, le trou se transforma en inoffensif petit rond noir. Une tête d'épingle dans l'immensité immaculée.

Victor flottait, désorienté, incapable de distinguer le ciel de la terre pareillement fondus dans une blancheur uniforme. Il n'était pas mort, puisqu'il sentait encore le vent sur ses joues et voyait ses pieds inertes se balancer dans le vide cotonneux. Il planait. La sensation n'était pas désagréable et il se détendit, se laissa porter, comme si voler au-dessus d'une rivière qui venait juste de manquer vous engloutir était quelque chose de naturel, de banal.

Quelques instants plus tard, il se retrouva assis, hébété, sur cette berge qu'il n'aurait jamais dû quitter.

Devant lui, quatre énormes pattes palmées, aux griffes aiguisées, surgirent du désert blanc : le dragon mystérieux lui avait sauvé la vie.

Il lui parut beaucoup plus grand que dans son souvenir. Les écailles qui le couvraient avaient pris les teintes de l'hiver, elles s'ouvraient et se fermaient lentement, en rythme, donnant l'impression qu'une vague d'argent le parcourait dans un sens, puis dans l'autre. À chaque passage de la vague, un jet de vapeur s'échappait avant de s'évanouir dans l'air froid : la peau respirait.

Victor frotta sa nuque un peu endolorie à l'endroit où il avait été rattrapé. Il aurait dû être choqué, effrayé peut-être, après avoir frôlé une mort atroce. Mais ce n'était pas le cas. Il éprouvait au contraire un sentiment de sécurité, une certaine quiétude, totalement incongrus dans cette situation.

Il murmura un « merci » à peine audible, tendit la main pour caresser l'une des pattes et fut surpris de la tiédeur douce des écailles, qu'il avait imaginées dures et froides au toucher. À leur contact, sa paume se réchauffa un peu et il sentit même quelques picotements au bout de ses doigts gourds.

Mais le reste de son corps, transi, lui rappela qu'il n'était pas encore tiré d'affaire. Bientôt, la nuit tomberait et rendrait le retour impossible. Il lui fallait repartir au plus vite.

Le pauvre pêcheur se releva difficilement. Il n'essaya pas de récupérer sa ligne. Il n'en avait pas le temps. Une course lente à l'issue incertaine commençait entre lui et le soleil. Lorsque celui-ci toucherait l'horizon, la température chuterait d'un coup et Victor n'y survivrait pas. Ses vêtements alourdis par l'eau glacée gèleraient, ses jambes se tétaniseraient, il ne pourrait résister à l'étreinte mortelle du froid.

Face à lui, quelque part sous l'épaisse couche blanche, se déroulait le chemin dont il connaissait par cœur chaque courbe et chaque relief et qu'il avait emprunté des milliers de fois. Aujourd'hui, il n'était pas sûr d'en voir le bout.

Il ne sentait plus ses pieds. Ses jambes raidies lui donnaient l'allure d'un pantin mécanique et il fut presque surpris d'avancer. Il avançait pourtant, à pas comptés, difficilement. Chaque mètre parcouru, chaque mètre gagné, le rapprochait d'un feu salvateur. Mais dans son dos, tout aussi régulier et déterminé, le soleil poursuivait sa descente.

Il n'était pas encore à mi-chemin et sa marche éprouvante le laissait déjà éreinté. Le doute le submergea. Sa volonté fléchit, son courage l'abandonna peu à peu. L'air froid brûlait ses poumons et sa gorge. Sa poitrine de plomb l'oppressait.

Il ralentit.

Alors un son mystérieux et entêtant, très beau, résonna dans sa tête. Était-ce une parole chantée dans une langue inconnue ? Une note de musique jouée par quelque instrument divin ? Un sentiment de réconfort le gagna aussitôt et un regain d'énergie soulagea immédiatement sa terrible fatigue.

Il se retourna instinctivement. Derrière lui, le dragon le suivait toujours, son corps délié scintillant dans la poudreuse. Victor admira de nouveau ses yeux incroyables, bordés de cils multicolores qui ondulaient dans l'air comme les algues filiformes dans les courants. Il s'amusa de ses deux petites cornes duveteuses qui surmontaient son crâne et remarqua pour la première fois les ailes minuscules sur son dos. Translucides, presque transparentes, et sillonnées de nervures bleutées, elles s'agitaient lentement telles deux dentelles inutiles posées par erreur sur cette créature gigantesque.

Victor arriva comme par enchantement en bas du sentier qui menait à sa chaumière, au moment précis où le soleil touchait le sommet d'une colline blanche et l'auréolait d'une couronne de glace dorée, avant de disparaître. Il avait perdu la notion du temps et parcouru ces derniers kilomètres en rêvant.

La neige avait durci à l'ombre des arbres et formé des plaques de verglas sur lesquelles Victor glissa à plusieurs reprises. Impossible de gravir la pente. Il se mit à quatre pattes, s'agrippa aux branches, progressa difficilement, mais lorsque l'une d'elles cassa, fragilisée par le gel, il tomba en arrière et roula tout en bas. Il s'apprêtait à reprendre sa pénible ascension quand une légère poussée dans le dos l'aida à remonter sans effort jusqu'au seuil de sa maison.

Victor se retourna de nouveau, mais cette fois-ci ne vit pas le dragon.

Il se tenait juste à côté pourtant, de nouveau invisible, son grand corps blanc confondu avec l'environnement. Il observa Victor, grelottant, mettre quelques instants pour trouver le trou de la serrure. Puis, à travers la fenêtre, le regarda enlever un à un ses vêtements trempés, se frotter vigoureusement avec une serviette sèche et tenter de se réchauffer, sans y parvenir. Victor s'éclipsa puis revint de la cuisine une boîte d'allumettes à la main. Toujours tremblant, il en gratta une, puis deux, puis trois, sans pouvoir les enflammer. Dans l'âtre, un monticule de brindilles surmonté d'une belle bûche n'attendait qu'une étincelle pour s'embraser.

Alors, sans un bruit, le dragon ouvrit la porte avec son museau énorme et réussit à faire entrer sa tête et une partie de son long cou dans le minuscule salon. Doucement, tout doucement, il fit sortir de ses deux larges narines un filet d'air tiède qui enveloppa le vieil homme nu et calma ses frissons : sa chair redevint progressivement lisse, ses lèvres bleuies par le froid retrouvèrent leur couleur rosée et ses doigts purent de nouveau bouger. La créature continua de souffler délicatement et Victor, telle une danseuse dans sa boîte à musique, tourna lentement sur lui-même, debout au milieu du salon, pour que chaque centimètre carré de sa peau profite de la caresse chaude du dragon.

Se détournant quelques instants, ce dernier ouvrit un peu la gueule et, des tréfonds de sa gorge, dans un long grondement sourd, fit surgir une flammèche qui alluma d'un coup le feu de cheminée. Victor lui gratouilla tendrement les naseaux et ses écailles se teintèrent immédiatement de couleurs irisées, passant du blanc au bleu, et au mauve puis, au fur et à mesure que la chaumière se réchauffait, du mauve à l'ambre. Le dragon enroula son cou autour du corps nu de Victor et posa sa tête sur la terre battue. Ils ne bougèrent plus et finirent par s'endormir ainsi.

Sur les pauvres murs de cette bicoque perdue au milieu d'un désert glacé, balayé par le vent mauvais et abandonné par le jour, les flammes crépitantes faisaient danser leurs ombres enlacées.

25. Fin d'hiver

Un soleil éclatant, qui ne devait plus disparaître pendant plusieurs semaines, réveilla Victor allongé au beau milieu de son salon, seul. Le feu ne s'était pas éteint, il faisait encore bon. Victor se redressa, cligna des yeux plusieurs fois, regarda autour de lui et mit quelques secondes à réaliser qu'il n'avait pas rêvé. La veille, un dragon s'était bien endormi ici, sur le sol de sa pauvre chaumière… après l'avoir sauvé de la noyade.

Victor constata que son plongeon dans l'eau glacée et cette longue marche dans le blizzard n'avaient laissé aucune séquelle. Pas la plus petite engelure. Aucune toux, pas le moindre éternuement, pas de fièvre. C'était pour le moins surprenant. Mais lorsque l'on vient d'être sauvé d'une mort imminente par une créature surnaturelle, on ne s'étonne guère d'avoir échappé à un rhume. Il mit ce prompt rétablissement sur le compte de sa santé de fer.

Victor enfila un pantalon et un pull secs, s'installa dans son fauteuil pour réfléchir. Cette scène lui en rappela fugacement une autre, lorsqu'il avait constaté que les vêtements d'Iseabel n'étaient plus dans son armoire et qu'il s'était assis dans ce même fauteuil, la tête dans les mains. Comme un sentiment de *déjà-vu*, aussitôt ressenti, aussitôt oublié…

Sa première rencontre avec le dragon avait eu lieu à l'automne, près de la rivière déjà, un peu plus en aval. Il était certain de ne jamais avoir remarqué ni deviné sa présence depuis. Mais de toute évidence, celui-ci n'avait jamais cessé de le suivre, peut-être même de l'épier. Pourquoi ?

Victor faisait de nouveau face à une litanie de questions sans réponses. D'où venait-il ? Que lui voulait-il ? Quelqu'un d'autre l'avait-il remarqué ? Peut-être que tata Glinglin, en tant que spécialiste des sujets bizarres et des créatures surnaturelles, pourrait lui apporter quelques éclaircissements… Ou l'un de ses amis ? Mais il se rappela aussitôt, un peu gêné, ce dernier après-midi au *Blackbird*, au cours duquel il avait discuté avec eux d'un ton badin, tout va bien, rien à signaler, le train-train quotidien, en omettant de mentionner - excusez du peu - l'existence d'un dragon lumineux près de Lewiston.

Dans les jours qui suivirent, les stalactites fondirent à toute vitesse, la neige se transforma en gadoue et l'herbe marron fit son apparition entre les rochers. Victor entendit bientôt les gargouillements de la rivière qui s'écoulait en contrebas, libérée. Il vit sa première bergeronnette printanière de l'année danser sur la berge et songea qu'après ces longues semaines d'isolement dans la vallée, il pourrait enfin se rendre au village.

Il lui tardait de revoir Peter, Johnny et Walter, et décida d'aller leur rendre visite sans attendre. Cette fois-ci, il se jura de tout leur raconter, sa première rencontre avec le dragon, sa mésaventure hivernale et son improbable sauvetage. Fort de cette résolution, Victor prit le chemin de Lewiston.

Peter avait du travail, quelques grippes tardives à soigner. Seul Johnny traînait au *Blackbird*, désœuvré. Il accueillit Victor comme d'habitude, sans cacher son plaisir, mais sans démonstration de joie excessive non plus, moins par indifférence que par économie de moyens. Ni totalement détaché, ni vraiment présent. Sur le fil. Même son silence était incertain et menaçait à chaque instant d'être troublé par une parole impromptue. Johnny pouvait engager une discussion au moment où l'on s'y attendait le moins. Il parlait comme il tirait au fusil, à contretemps.

À chaque fois qu'il partageait quelques instants seul avec lui, Victor se souvenait de sa silhouette dégingandée sur le seuil de sa chaumière et de la lettre qu'il tenait timidement à la main. Cette lettre qu'il gardait dans sa poche et lui rappelait son amour perdu. C'était un morceau de papier froissé et abîmé par l'humidité désormais. L'encre était délavée. Mais il connaissait par cœur les mots simples qu'Iseabel lui avait adressés par-delà les mers agitées et les terres arides.

C'était tout ce qu'il lui restait d'elle.

Une lettre.

La tristesse de Victor ne s'était pas érodée avec le temps. Elle logeait dans ses tripes, aiguë et sans pitié, elle pouvait le submerger sans prévenir, ravivée par une odeur, un lieu, une musique, comme l'autre soir, lors de la grande braderie. Parfois seulement il arrivait à oublier Iseabel, parfois… Au fond, il n'avait jamais vraiment renoncé à la serrer de nouveau dans ses bras, jamais cru à sa disparition et aimait à penser qu'elle était encore là, quelque part, à le surveiller, à le protéger, en attendant qu'ils se retrouvent enfin.

« Mais il ne pourra jamais la revoir, elle est morte ! » m'exclamai-je un soir, peut-être un peu exaspéré par la naïveté de Victor. Ce genre d'agacement que l'on ressent en regardant un film dont le personnage principal a toujours un temps de retard sur les spectateurs et persiste à se mettre dans des situations improbables.

Je devais avoir onze ou douze ans, j'avais un peu grandi depuis l'époque où voir un fantôme s'amuser sur un petit dériveur ne m'étonnait guère. Si l'existence des dragons ne faisaient encore aucun doute à mes yeux, j'avais des idées très arrêtées sur la vie et la mort.

J'en avais un peu assez également, j'étais triste pour Victor, mais cette partie de l'histoire me paraissait plutôt ennuyeuse. J'étais pressé d'arriver aux chapitres suivants au cours desquels les *trois J* se battaient et, surtout, celui où le dragon se mettait en colère et crachait du feu.

Ma grand-mère avait eu l'air sincèrement surprise et un peu déçue par ma réaction, mais n'avait rien répondu. Elle s'était levée et avait déclaré d'un ton sec qu'il était temps de dormir, de toute façon.

Et impossible de rallumer la lampe pour lire les passages qui m'intéressaient le plus. Il n'y avait pas de bouquin. Cette histoire maintes fois racontée n'avait jamais été écrite.

Le lendemain, ma grand-mère reprit sa narration d'une manière un peu différente. Elle ajouta ici et là quelques détails qu'elle n'avait pas évoqués auparavant. Et pour la première fois, je compris enfin le dénouement du récit.

De nouveau, et sans qu'il ne puisse vraiment se l'expliquer, Victor n'aborda pas le sujet du dragon avec ses amis. Soit que l'occasion ne se présenta pas, soit qu'une sorte de pudeur le retint de dévoiler ce qu'il considérait, malgré tout, comme un secret… un secret *intime*.

Il n'en parla ni à Johnny, avec qui il n'échangea de toute façon que trois mots tout au plus, ni avec Walter, qui venait de lui offrir un second café et paraissait heureux de retrouver un peu d'animation dans sa taverne. Sans surprise, il avait eu peu de clients ces derniers mois et espérait leur retour avec l'arrivée des beaux jours. Il exprima quelques inquiétudes concernant la toiture qui avait mal supporté le poids de la neige et qu'il faudrait réparer. Encore des coûts supplémentaires. Quelques soucis, en somme. Le patron était inhabituellement loquace, cet hiver interminable lui avait pesé. Il hésita un peu et continua, l'air préoccupé :

« Et puis il y a cette bande de malfrats, les *trois J*, qui ont beaucoup sévi depuis novembre dans le coin. Ils pillent les auberges, les fermes, détroussent les voyageurs et les marchands ambulants… On m'en parle de plus en plus souvent, comme s'ils se rapprochaient. S'ils arrivent ici, on saura les accueillir comme il se doit, mais enfin, c'est mauvais pour le commerce. »

Victor acquiesça. Il partageait l'inquiétude de Walter et espérait que les habitants de Lewiston n'auraient jamais affaire à la violence sans limites de ces sauvages.

Le sujet des *trois J* fut abordé pour la seconde fois de la journée par le docteur Peter Kilmartin, chez qui Victor se rendit après avoir quitté le *Blackbird*. Le médecin avait reçu en urgence un patient avec une profonde entaille au bras. Le pauvre homme était ouvert du coude au poignet, la blessure commençait à s'infecter. Il souffrait beaucoup et semblait encore terrorisé. Il avait raconté sans détour sa rencontre avec « ces fous », comme il les avait appelés en tremblant. La description qu'il en fit à Peter était sans appel. Il s'agissait sans aucun doute de James, Jewel et Jordy, dont la présence n'avait jamais été signalée si bas dans les parages. Pourquoi les *trois J* prenaient-ils le risque de descendre dans cette région qu'ils connaissaient peu, où il leur serait très difficile de se cacher ? Peut-être qu'ils avaient été contraints de fuir ? La population locale avait pu se rebeller, s'organiser pour les chasser et se défendre, refusant désormais de se laisser intimider ? Leur tête aurait-elle été mise à prix par quelque riche propriétaire ou commerçant, ulcéré par leurs pillages incessants ? Des têtes étaient mises à prix pour moins que ça, Victor en savait malheureusement quelque chose… Il serait bien resté encore un peu discuter avec Peter, mais le bon docteur commençait à papillonner des yeux. Quelques secondes plus tard, il ronflait, renversé sur le dossier de son fauteuil. Victor quitta le cabinet sans un bruit.

Le village émergeait doucement de son hibernation et Victor ne croisa pas grand monde en allant chez tata Glinglin. La neige fondue rendait les venelles glissantes, il fallait avancer à petits pas prudents. Il s'arrêta devant la demeure fumante, hésita un instant puis poussa la porte, qui n'était pas verrouillée. Il eut, cette fois-ci, le réflexe d'éviter la poutre basse. L'intérieur n'avait pas changé et il se rappelait parfaitement sa visite effectuée sur les conseils du docteur Peter. Il était reconnaissant à tata Glinglin de lui avoir ouvert les yeux ce jour-là. Sans elle, aurait-il eu le courage d'aborder le capitaine de l'Astrolabe ?

Victor se souvenait aussi que la disparition d'Iseabel avait beaucoup affecté la vieille femme : dès qu'elle avait appris la terrible nouvelle, elle s'était volatilisée pendant plusieurs mois, sans que l'on puisse savoir si elle se terrait chez elle ou si elle avait quitté le village. Quand elle était réapparue, quelques semaines plus tard, elle semblait encore plus incontrôlable que d'habitude, folle à lier, et sur ses traits agités se lisait l'expression d'une tristesse infinie.

Et puis elle s'était calmée d'un coup et avait même paru inexplicablement joyeuse pendant quelque temps. Les manifestations de sa bonne humeur avaient pris parfois les formes les plus inquiétantes et l'on avait tout de même été soulagé lorsqu'elle avait cessé de rire bruyamment sans raison apparente et de chantonner pour un oui, pour un non, avec sa voix de fausset. Elle avait fini par retrouver ses habitudes et avait continué d'aider comme elle le pouvait les âmes brisées et les âmes errantes, les angoissés, les indécis et toute la troupe attachante et fragile des égarés du réel.

Aujourd'hui, c'était Victor qui avait de nouveau besoin de ses lumières.

26. L'histoire des dragons

Il appela à plusieurs reprises la maîtresse des lieux sans obtenir la moindre réponse et attendit patiemment, debout au milieu de l'espace exigu qui faisait office de salon. La petite table ronde, la boule brisée, la nappe maculée de taches, tout était à sa place, rien n'avait changé. Aucune trace de grenouille apathique en revanche : soit elle avait succombé, vaincue par l'épuisement, soit elle avait fini par atteindre la sortie et profitait de sa liberté retrouvée, quelque part sur un nénuphar flottant dans les eaux incertaines d'une mare.

Près de la fenêtre, une chouette blanche s'ennuyait ferme dans une cage trop étroite pour elle. Elle jeta un regard rond au visiteur en tournant brusquement la tête d'un quart de tour sans que son corps n'esquisse le moindre mouvement. Ces bêtes semblaient avoir une tête montée sur pivot songea Victor, un peu mal à l'aise d'être observé ainsi par l'oiseau.

Comme il commençait à s'habituer à l'obscurité, il remarqua une grande bibliothèque dans un coin mal éclairé. Grimoires couverts de poussière, parchemins et manuscrits s'y entassaient en équilibre précaire et certains ouvrages étaient sur le point de tomber en lambeaux. Sur un secrétaire attenant, quelques volumes sans âge attendaient grands ouverts que l'on vienne les consulter. Victor s'approcha et tenta en vain d'en déchiffrer les hiéroglyphes et d'en comprendre les schémas. Comme tata Glinglin ne répondait toujours pas à ses appels, il s'enhardit et tourna quelques pages, avec le sentiment de commettre un acte sacrilège, ou pour le moins impoli.

Poussé par la curiosité, il continua néanmoins de feuilleter. Une double page attira son attention : un atlas. Sur la plupart des continents, sur les îles et en plein milieu des océans qui les séparaient, étaient représentées les différentes espèces de dragons existantes dans le monde. Victor fut surpris par la diversité de leur apparence. Certains ressemblaient à des serpents marins géants, le corps oblong couvert de branchies. D'autres, plus rares, possédaient de fortes pattes griffues et des ailes immenses posées sur un corps trapu. Certains avaient des gueules aux mâchoires carrées garnies de plusieurs rangées de crocs, tandis que d'autres, le visage avenant, semblaient sourire au lecteur. Victor compta environ une trentaine d'espèces. Il chercha fébrilement, du bout du doigt, et finit par trouver la forme imprécise de l'Écosse.

Plusieurs dragons y figuraient. La silhouette de l'un d'eux, au sud du pays, lui était familière... Il ne put déchiffrer son nom écrit dans une langue étrangère, mais avec ses ailes minuscules, ses pattes palmées et son long cou surmonté d'une tête cornue, il le reconnut sans l'ombre d'un doute. Il s'agissait de *son* dragon.

Ou de l'un de ses ancêtres.

Les pages suivantes semblaient plus récentes, comme si l'ouvrage compilait des documents d'époques différentes. Il les parcourut à toute allure et eut le temps de saisir quelques mots à la volée, « mimétisme », « télépathie », « clan », avant que la voix de tata Glinglin ne le fasse sursauter :

« Ah ! Tu cherches quelques informations sur un sujet qui nous tient à cœur mon cher Victor. »

Il se retourna et tata Glinglin, nullement offusquée de voir Victor farfouiller dans ses affaires, lui passa un bras autour des épaules et le serra contre elle :

« Ta visite me fait bien plaisir, lui dit-elle. »

Victor, pris au dépourvu par cet élan d'affection, se laissa faire et bafouilla à tout hasard que lui aussi était content et qu'elle avait l'air en bonne forme.

Le parfum d'ail qui flottait habituellement autour d'elle avait été remplacé par de doux effluves mentholés. Elle tenait un coq par le cou et la pauvre bête, la crête dressée et les yeux exorbités, tentait sans succès quelques gloussements de protestation.

« Oui... Tu veux en savoir plus sur ces êtres magnifiques... Assieds-toi. »

Tata Glinglin prit place de l'autre côté de la petite table et lâcha le coq qui resta interdit pendant quelques instants, tout surpris de s'en tirer à si bon compte, avant de s'enfuir en trottinant.

Sans transition, comme si elle pouvait lire dans les pensées de Victor, tata Glinglin commença ses explications :

« Les dragons sont devenus rarissimes. Ils existent encore, mais ils se cachent de mieux en mieux et peuvent demeurer totalement invisibles. Ils ont été trop longtemps décimés et ont appris à craindre leur seul prédateur : l'homme. »

Tata Glinglin soupira, profondément navrée, avant de poursuivre :

« Les dragons volants ont en revanche certainement disparu. Seule une quinzaine d'espèces aurait survécu, principalement les espèces marines. La plupart se nourrissent de fruits et de poissons, certains ont gardé leur capacité à cracher du feu, d'autres non.

— Mais pourquoi personne ne croit-il plus en l'existence de ces animaux ?

— Ce ne sont pas des animaux ! » Tata Glinglin commençait à s'agiter, Victor craignit un instant qu'elle ne fasse une crise et s'emporte. Elle se calma pourtant et continua :

« Ce sont des créatures magiques très évoluées, appartenant à une race supérieure. Ils ont longtemps été considérés comme des dieux. Certains hommes ont juré avoir éprouvé des sentiments inédits à leur contact. Une sorte de confiance absolue et soudaine en toutes choses, l'impression que rien de grave ne pouvait plus survenir. D'autres allèrent même jusqu'à expliquer qu'ils pouvaient communiquer avec eux.

Un des plus grands savants de notre pays avoua sur son lit de mort qu'il tirait toutes ses connaissances non pas de ses expérimentations et observations, mais de l'enseignement d'un de ces dragons, et que celui-ci lui avait promis l'immortalité. Juste avant son dernier souffle, il affirma que l'au-delà n'existait pas du tout, qu'il en avait la preuve, mais qu'il fallait apprendre leur langue pour comprendre, que les mots de l'homme ne suffisaient pas. Tout le monde le prit pour un fou, mais dans certains de ces ouvrages, dit-elle en tendant le doigt vers l'armoire, beaucoup de témoignages concordent. Tiens, celui-ci par exemple. »

Elle se leva, fouilla quelques instants et tira de sous une pile branlante un parchemin jauni.

« Un Mac Leold me l'a donné pour me remercier d'un petit service. Il raconte une vieille histoire. Un ancêtre du clan, Abhainn Mac Leold, discutait quotidiennement avec un dragon. Il s'asseyait au bord du loch qui baignait la muraille de son château et, chaque jour, le dragon apparaissait à cet endroit. On les voyait de loin tous les deux, face-à-face pendant des heures. Abhainn devint au fil des mois puis des années de plus en plus sage et instruit. Il se mit à soigner toutes les maladies, même celles pour lesquelles les druides ne disposaient d'aucun remède connu, des maux que l'on disait incurables. Il fut surnommé "le Guérisseur". On se déplaçait de l'autre bout du pays pour le consulter. Puis lui aussi perdit peu à peu la tête. Il expliquait à qui voulait l'entendre que nous habitions une planète toute ronde, que les étoiles étaient autant de soleils semblables au nôtre et que la vie fleurissait partout. Puis il finit par se murer dans le silence. Quand on l'interrogeait sur n'importe quel sujet, il se contentait de sourire et répondait invariablement : "Il faut aimer !", et c'est tout. Il disparut un après-midi, impossible de savoir ce qu'il devint, il ne laissa rien derrière lui, ni testament, ni biographie, ni recueil, rien. »

Tata Glinglin secoua la tête lentement.

« Non, ce ne sont pas des animaux… »

Victor songea à l'absence de peur et au sentiment de bien-être qu'il avait lui-même ressenti en présence du dragon, alors même qu'il se trouvait dans une situation critique. Il se rappela également cet apaisement étrange, cet engourdissement agréable le jour de leur première rencontre. Il s'apprêtait à faire part à tata Glinglin de sa propre expérience, quand celle-ci reprit :

« Si ce dragon te suit, c'est qu'il y a une raison, et je… »

Sa voix s'étrangla, ses yeux s'embuèrent. Elle ne parvint pas à finir sa phrase. Victor, surpris, comprit que tata Glinglin se trouvait soudain submergée par l'émotion. Elle se leva d'un coup.

La discussion s'arrêtait là pour aujourd'hui. Abruptement.

« Je vais venir te voir bientôt, je vais venir te voir bientôt. »

Tout en répétant ces mots, tata Glinglin poussa gentiment Victor vers la sortie :

« Bientôt, bientôt… »

Les larmes baignaient son visage fané.

27.   L'héritage de mon Grand Père

La mort de mon papy signifia, avant tout, la fin du potager.

Mon grand-père se levait d'ordinaire tous les jours à cinq heures du matin pour cultiver un bout de terrain dont il était le seigneur incontesté. Cet horaire me paraissait totalement improbable : je ne le rejoignais sur ses terres que bien plus tard, une fois mon chocolat bu et mes céréales avalées. Il n'y avait alors plus grand-chose à faire : quelques mauvaises herbes à arracher, tout au plus. Il convenait d'attendre la fin des heures brûlantes pour arroser les tomates, les salades, les haricots verts et les haricots beurre, les petits pois, la mâche, et les potirons, dont Papy me rappelait souvent, en riant parce qu'il aimait la consonance du mot, qu'il s'agissait de cucurbitacées.

J'éprouvais alors, en utilisant mon petit arrosoir dont la pomme mal fixée ne cessait de tomber et qu'il fallait remplir souvent, une fierté particulière. Et tandis que la terre se gorgeait d'eau et qu'il me semblait voir les plants s'épanouir à vue d'œil sous l'effet de cette douche rafraîchissante, l'odeur d'humidité emplissait l'air, l'odeur apaisante des soirs de printemps, que la ville essaie parfois d'imiter après qu'un orage a balayé ses trottoirs poussiéreux.

Observer deux feuilles vert clair, minuscules, percer la surface et se transformer jour après jour en plante dont on déterrera les tubercules, en creusant à genoux, comme on déterre un trésor, n'aurait jamais dû cesser de m'émerveiller. Moi qui n'ai même pas un pot de persil sur le balcon et ne fais mes récoltes que sur internet…

J'imaginais ce potager luxuriant impérissable : il ne survécut pas à la première gelée. J'étais incapable de m'en occuper seul. Le magicien, c'était mon grand-père, le secret de ses tours avait disparu avec lui, et affirmer qu'un manuel acheté dans une jardinerie aurait bien fait l'affaire serait mal connaître mon grand-père, et les jardineries.

Une autre chose importante devait me manquer : ses inimitables descriptions des *trois J*, de leurs bagarres sanglantes et de leurs actes barbares. Ma grand-mère expédiait désormais volontairement ces parties du récit. Elle considérait que le Mal, une fois nommé, n'avait pas besoin d'être mis en scène, qu'il ne méritait pas le temps passé à l'évoquer.

Mais peut-être que la pudeur l'empêchait simplement de reconnaître qu'elle avait trop de peine, et qu'elle préférait laisser l'histoire de ces bandits, qui lui rappelait cruellement son amour disparu, en friche.

28.   Les deux J

À une centaine de kilomètres de Lewiston, les *trois J* bivouaquaient. La discussion semblait tendue, les trois hommes montraient des signes de nervosité :

« Et pourquoi on descend toujours plus bas vers le sud ? cracha Jewel, mauvais, en lançant un de ses regards sournois à James.

— Parce que ce que l'on cherche se trouve dans le coin.

— Et on cherche quoi déjà ? »

James fixa Jewel, sans répondre. Il méprisait profondément ce type maigrichon.

Jordy claqua sa langue contre son palais et répéta la question de son frère :

« Ouais, on cherche quoi déjà ? »

James méprisait tout autant Jordy, mais il s'en méfiait comme de la peste. Depuis des semaines, il craignait qu'il ne lui mette un coup de poignard entre les côtes pendant son sommeil pour s'enfuir avec sa part de butin, pourtant peu conséquente. Il n'avait aucune limite, aucun honneur, seules comptait sa survie et celle de son frère. Et encore, James était certain qu'il n'hésiterait pas à trahir ce dernier si les circonstances l'exigeaient.

Il posa son œil unique sur Jordy, puis revint sur Jewel. Il n'arriverait pas à leur cacher plus longtemps la raison pour laquelle il les avait réellement embauchés. La tension ne ferait qu'empirer. Les frangins commençaient à flairer l'entourloupe, la rébellion était proche :

« On cherche un dragon. »

Jordy et Jewel se regardèrent sidérés. Leur bouche un peu entrouverte leur donnait un air imbécile qui aurait presque pu faire oublier à quel point ils étaient dangereux. James savait qu'il jouait à quitte ou double. Il avait retardé au maximum le moment où il leur avouerait la vérité. Jusqu'à présent, il leur avait juste expliqué qu'il avait un bon plan, un plan sûr, sans en dévoiler la teneur. Ces deux crétins l'avaient suivi, mais ils étaient loin de l'enrichissement promis. Tout au plus survivaient-ils. Soit Jewel et Jordy lui accordaient leur confiance sur ce coup-là, ce qui était beaucoup leur demander, soit il devait se préparer à vendre chèrement sa peau :

« Un dragon ? »

James confirma, impassible. Il ne perdait pas de vue le manche du couteau de Jordy dont les rayons du soleil couchant faisaient miroiter les incrustations de nacre. On l'aurait cru vivant, tel un animal accroché à la taille de son maître et prêt à se déchaîner sur ordre.

« Tu nous as embauchés pour aller chercher un *dragon* ? »

Jewel et Jordy fixaient James, qui confirma de nouveau :

« Pour en chasser un, oui, dont la présence est signalée dans les parages depuis plusieurs mois. »

Jordy cracha un mélange de salive noirâtre et de tabac.

« Les dragons, ça n'existe plus. »

La conclusion était sans appel. Elle déclencha l'attaque. Jordy dégaina *l'Étripeur* à une vitesse incroyable. D'un bond il fut sur James, qui se jeta sur le côté pour l'éviter. La lame vicieuse et rapide siffla à un centimètre de sa gorge. James fit un roulé-boulé, mais son agresseur était déjà en l'air audessus de lui, telle une marionnette furieuse suspendue par des fils invisibles, prête à le frapper en plein cœur. Une balle au milieu du front interrompit son vol plané.

Une expression incrédule sur le visage, Jordy s'écroula sur James, qui tenait son pistolet encore fumant dans la main. L'action avait duré quelques secondes pendant lesquelles Jewel n'avait pas esquissé un geste. Il aurait pu aller chercher le fusil accroché à la selle de son cheval, à portée de main, mais ne l'avait pas fait. L'assaut avait été trop rapide pour lui. L'homme fort de la fratrie, c'était l'aîné, c'était Jordy. Et Jordy était par terre, un trou rond entre les deux yeux.

James se dégagea, se releva et défia Jewel, toujours immobile à quelques pas. Il n'avait plus de balles dans son revolver et son propre couteau était resté dans sa sacoche, mais Jewel n'avait malgré tout aucune chance. La brute qu'il avait en face de lui le briserait en deux, d'un seul coup de poing, s'il bougeait d'un millimètre.

Il tenta un sourire qui se transforma en grimace horrible sur son visage cadavérique :

« Et ça rapporte beaucoup, un dragon ?

— Énormément. »

29. Malcom et le médaillon

Les marins de l'Astrolabe en deuil de leur capitaine avaient continué de travailler ensemble quelques années sous les ordres de Malcom, puis le temps passant, une partie de l'équipage s'était dispersée. Logan avait abandonné le métier pour se consacrer pleinement à l'écriture de ses poèmes et avait rencontré un beau succès. Les trois frères avaient acheté leur propre bateau. Stanley profitait de sa retraite méritée dans un cottage près de Lewiston. De l'équipe d'origine ne restaient désormais que Malcom, Bobby, et Andrew le cuistot : Victor leur rendait visite chaque année.

Peu après la disparition d'Iseabel, il avait souhaité rencontrer ces marins dont il avait entendu parler en termes si élogieux. Il s'était rendu au loch Deer, où était amarré le navire, et on l'avait accueilli comme un membre à part entière de l'équipe, avec beaucoup d'émotion.

Depuis, il avait pris l'habitude d'y retourner à la même période et, au fil des ans, Victor avait noué avec ces hommes une relation singulière. Il éprouvait notamment pour Bobby une affection particulière. Le jeune homme devenu colosse n'avait rien perdu de sa gentillesse. Il lui manquait désormais trois doigts, arrachés par un cordage lors d'une manœuvre mal exécutée. Une simple erreur d'inattention, avait-il expliqué à Victor. Il avait aussitôt complété en souriant d'un air entendu : « Mais aucune maladresse n'est sans conséquence sur un bateau », avertissement qu'Iseabel répétait à l'envi à son jeune matelot.

Elle serait fière, aujourd'hui, de voir le bel homme et le marin accompli qu'il était devenu. Il avait fondé une famille avec une paysanne rencontrée lors d'une escale dans les *Shetland*. Sa femme avait quitté à regret son bout d'île déserte pour accompagner Bobby à Lewiston. Le couple y élevait désormais leurs quatre enfants. Quatre gars qui deviendraient tous marins, Bobby en était certain, Madame, un peu moins…

Quelques semaines après la fête de Beltane, à laquelle il ne participait plus, Victor se rendit donc sur les rives du loch Deer. La neige avait entièrement disparu de la vallée, mais persistait encore sur quelques sommets, s'étalant en nappes sales et incongrues au milieu des pierriers. Même là-haut, elle ne résisterait plus très longtemps aux assauts du printemps. Dans quelques jours, elle alimenterait les torrents qui dévaleraient les montagnes et se précipiteraient dans le vide en cascades vertigineuses. Il reconnut Bobby de loin, qui dépassait d'une tête tous ses compagnons, puis, en se rapprochant, Andrew en train de recoudre un filet. En montant sur le pont, il salua poliment les autres membres de l'équipage - qui lui étaient inconnus - et alla toquer à la porte de Malcom.

Victor revoyait toujours le nouveau capitaine de l'Astrolabe avec un sentiment de plaisir et de mélancolie mêlés. Il restait à ses yeux le second d'Iseabel. Ses gestes, ses attitudes de marin, même sa façon de regarder son interlocuteur, propre aux hommes et aux femmes habitués à scruter l'horizon lointain, lui rappelaient son amoureuse.

Malcom fit asseoir Victor et repoussa les cartes qui encombraient la petite table carrée. Il avait l'air vieilli, usé, une longue barbe blanche dévorait son visage. Sa respiration était sifflante. Ses traits s'étaient durcis.

Il se confia à Victor sans cacher son désarroi. Les coudes posés sur la table, le menton sur son poing serré, il peignit un tableau sombre de son métier. Les campagnes étaient moins bonnes qu'avant. Les pêcheurs prenaient de plus en plus de risques, partaient de plus en plus loin, pour des résultats aléatoires. Vraiment, il était devenu difficile de faire une pêche fructueuse, de trouver les coins poissonneux…

À ces mots, un silence éloquent s'installa. Près des deux hommes attablés flottait le fantôme d'Iseabel dont la justesse de l'instinct avait toujours permis de mener l'Astrolabe aux bons endroits, aux bons moments. Sur quelques dessins accrochés au mur derrière le capitaine, on devinait sa silhouette gracile esquissée à grands coups de fusain par Logan.

Il s'en fallait de peu pour que cette silhouette ne prenne vie, se précipite soudain sur le pont pour aider un matelot, aille s'installer à la barre ou surveille la remontée du filet. Iseabel était partout : allongée sur son lit, plongée dans l'étude des cartes sur sa table, accoudée au bastingage...

Elle manquait encore à Malcom. Entretenir ce navire et en diriger l'équipage était sa manière de rester loyal à son ancien capitaine. Mais parfois l'envie lui venait de tout lâcher, de se faire embaucher sur un bateau plus grand, plus rapide et moderne, et de se décharger du poids de ses trop lourdes responsabilités.

Il ne faisait jamais part à Victor de ses préoccupations. Une sorte de pudeur l'en empêchait, lui qui avait été le témoin privilégié de ce passé heureux, lui qui avait vu, jour après jour, le ventre d'Iseabel s'arrondir, et qui savait à quel point elle se languissait du retour… À travers lui, c'était un peu de son amour perdu que Victor retrouvait.

« Et toi Victor, quoi de neuf depuis l'an dernier ?

— Un dragon. »

Victor avait lâché le mot sans réfléchir, d'instinct. Il en fut le premier étonné. Lui qui n'avait jamais évoqué l'existence de ce dragon avec ses compagnons du village venait de confier, en un instant, son secret. La réaction de Malcom ne fut pas moins étrange. Il n'eut pas l'air très surpris, il ne cilla même pas :

« Un dragon ?

— Oui, il me suit parfois. Il m'a même évité une mort certaine, il y a peu.

— C'est curieux, vraiment… »

L'euphémisme fit sourire Victor.

« C'est curieux, répéta Malcom. Les dragons ne se lient qu'à de vieilles familles, des clans particuliers, qui savaient communiquer avec eux dans l'ancien temps. Cette relation s'avérait précieuse d'ailleurs, les dragons pouvaient être très protecteurs et loyaux envers ceux auxquels ils s'attachaient.

— Tu en sais long sur le sujet fit remarquer Victor, étonné.

— Comme beaucoup de marins… Les dragons sont pour la plupart des créatures aquatiques. Nos arrière, arrière grands-pères en croisaient souvent, les récits se sont transmis.

— Tata Glinglin, au village, m'en a parlé aussi tout à l'heure. Mais elle n'a pas eu le temps de m'expliquer pourquoi celui-ci me suivait.

— C'est curieux, vraiment, répéta Malcom en fronçant les sourcils… Tu n'as jamais reçu de médaille gravée provenant de tes parents, de quelqu'un de proche ?

— Non, jamais. Pourquoi ?

— Ces familles se transmettaient secrètement, de génération en génération, un symbole représentant un dragon pour témoigner de l'existence d'un lien particulier entre ces derniers et le clan… Souvent, celui-ci était gravé au verso d'une médaille que l'on recevait en héritage, et qui, selon certains, possédait quelques vertus magiques.

— Tu en as déjà vu ?

— Jamais. Il s'agissait d'un secret gardé jalousement. Au fil du temps et de l'extinction progressive des dragons, les clans ont considéré comme un devoir sacré d'en préserver la mémoire, et de protéger les survivants des chasseurs. » Malcom marqua un temps d'hésitation :

« D'ailleurs, tu devrais peut-être éviter de révéler l'existence de ce dragon près de Lewiston, au cas où… »

30. L'œuf

Avant que le chemin du retour ne l'en éloigne trop, Victor se retourna pour admirer l'Astrolabe. Un sombre pressentiment lui fit imaginer qu'il le voyait pour la dernière fois. Une pensée qu'il chassa vite. Tout était si calme. Posé sur les eaux étales du loch Deer, le vaisseau déployait ses voiles blanches que le timide soleil printanier séchait. Elles faséyaient dans la brise fraîche, hautaines. Difficile de croire en cette matinée paisible qu'elles se gorgeraient de vent et se tendraient bientôt à l'extrême pour propulser le navire à travers des murs d'écume...

Après un « au revoir » qu'il se surprit à prononcer à voix haute, Victor continua sa route jusqu'au village où il s'arrêta pour acheter quelques condiments. Il ne s'attarda pas et repartit aussitôt.

Lorsqu'il arriva à la lisière de la petite forêt qui abritait sa chaumière, il ressentit la sensation d'engourdissement et de bien-être qui lui était désormais familière.

Il se retourna et balaya l'horizon du regard, mais les champs de bruyères brûlés par la neige qui s'étendaient au-delà de la rivière ne cachaient rien d'autre que les habituels moutons noir et blanc, et une vache égarée. Il continua sur le chemin qui serpentait entre les troncs et les entrelacs de branches, attentif.

Les rayons du soleil, qu'aucun feuillage dense ne venait encore filtrer, faisaient étinceler les milliers de boutons d'or qui tapissaient le sous-bois et annonçaient l'arrivée imminente de journées plus chaudes. Une agréable torpeur envahit Victor, l'enveloppa comme une étoffe soyeuse. L'atmosphère sembla s'épaissir, le temps se dilater. Un silence inhabituel s'installa. Même le bourdonnement aigu des moucherons cessa.

Le dragon était bien là, devant chez lui, si brillant que Victor, aveuglé, dut porter la main en visière devant ses yeux. Il n'avait jamais vu une telle lumière, si intense, si pure. Chaque petite écaille semblait amplifier la couleur qu'elle réfléchissait. La façade de la chaumière, les troncs alentour, le sol étaient nimbés d'un bleu miraculeux. Le ciel en personne était venu recouvrir la terre de pigments d'azur.

Dansant comme une fée dérangée dans cette atmosphère irréelle, tata Glinglin, radieuse, riait aux éclats. Elle lançait des échalotes que le dragon se hâtait d'attraper avant qu'elles ne touchent le sol et qu'il engloutissait dans le même mouvement.

Victor aurait juré à cet instant que le dragon, lui aussi, riait.

Dès qu'elle l'aperçut, tata Glinglin alla à la rencontre de Victor et lui déclara gaiement :

« C'est une dame. »

Victor regarda alternativement tata Glinglin puis le dragon.

« Comment le sais-tu ?

— Les deux petites cornes sur le sommet de son crâne. »

Accompagnant le geste à la parole, tata Glinglin tapota son front.

Victor sourit alors à son tour. Un sourire large, éclatant, heureux. Quelque chose se réveillait en lui, une force enfouie depuis longtemps, une énergie magnifique qu'il croyait perdue mais retrouvait soudain, intacte… Comme en réponse à ce sourire, une onde parcourut le corps du dragon des pieds à la tête, ses écailles devinrent mauves, puis rouge vif. Victor regardait le dragon écarlate, qui regardait Victor, et leur dialogue silencieux dura plusieurs minutes pendant lesquelles aucun des deux n'esquissa le moindre mouvement. Puis le dragon retrouva progressivement sa couleur bleu ciel : des dizaines de petites taches, d'abord minuscules, apparurent sur son cou, ses pattes, avant de s'étendre progressivement, en nappes, sur tout son corps et de le recouvrir entièrement. Il recula ensuite doucement, et disparut entre les bouleaux et les chênes.

Ébahi, Victor s'assit sur un banc taillé directement dans le tronc de l'arbre qui menaçait sa maison un an plus tôt.

Il avait bricolé, en utilisant ce même bois, une petite table, sur laquelle il déposa cinq minutes plus tard, une fois l'émotion un peu retombée, un service à thé dont les tasses jaunies prouvaient qu'il n'avait pas servi depuis longtemps. Tata Glinglin sirota sa boisson en fixant l'endroit où le dragon avait fini par s'éclipser. Avec sa tête minuscule et son nez aquilin, on aurait dit un oiseau en train de se désaltérer dans un dé à coudre. Une fois sa tasse reposée, elle se lança dans un long monologue inintelligible que Victor, patient, se garda bien d'interrompre. Il profitait de la douceur printanière, ravi d'avoir revu *son* dragon, et réfléchissait. Il se doutait bien que la présence de tata Glinglin ne devait rien au hasard. Elle lui avait promis de revenir bientôt et avait tenu parole. Peut-être avait-elle l'intention de lever enfin le voile sur ce mystère ?

Il ne fut pas surpris d'entendre son invitée déclarer posément :

« C'est elle qui a sauvé ta maison, tu sais. »

Tata Glinglin confirmait ce que Victor avait fini par deviner. Qui d'autre, ou quoi d'autre, aurait pu déplacer un tronc énorme perché à cinq mètres de hauteur et le coucher délicatement sur le côté de la chaumière ? Il attendit qu'elle poursuive, sans oser lui poser de question précise de peur qu'elle ne perde le fil de ses pensées confuses, mais celle-ci regarda de nouveau droit devant elle, sans un mot.

En suivant son regard, Victor se demanda si le dragon était réellement parti ou s'il continuait de les observer, tout près, fondu dans le décor environnant grâce à son incroyable capacité de mimétisme. Après un long silence, il n'y tint plus :

« Pourquoi me suit-elle ? »

Tata Glinglin le dévisagea de nouveau. Avec ses cheveux en bataille, son œil droit qui recommençait à s'agiter dans son orbite, ses poils raides comme du crin qui s'échappaient de ses oreilles, elle semblait plus folle que jamais. Victor recula un peu, vaguement inquiet :

« Pourquoi ? Pourquoi ? » répéta-t-elle en écho tout en secouant la tête.

Elle avait l'air en colère, comme une institutrice désemparée par un élève incapable de résoudre un problème simple. Victor venait manifestement de poser une question totalement idiote à ses yeux et c'en était trop pour elle. Elle poussa un gros soupir exaspéré, le fit se lever en le prenant par le bras et le traîna dans la chaumière. Victor se laissa mener sans résistance.

Lui qui venait juste d'entrer pour aller chercher le service à thé dans le placard n'avait pas remarqué ce qu'il y avait dans l'âtre de la cheminée…

Un œuf, posé en équilibre sur un reste de vieille cendre que Victor n'avait pas encore nettoyé, y trônait en majesté.

Un œuf magnifique, parfaitement ovale, de la taille d'un enfant.

Par transparence, on pouvait distinguer une silhouette noire à l'intérieur. Lorsque Victor approcha sa main, la silhouette disparut et la couleur de la coquille, réagissant aux caresses, changea doucement. Sous les doigts de Victor, le jaune vira à l'orange vif : une petite île sanguine et vivante se forma et sembla flotter sur un océan d'or. L'œuf n'était pas lisse, mais légèrement rugueux, il émettait d'étranges et agréables vibrations, pareil au ronronnement régulier d'un chat. Dès que le contact cessa, l'œuf retrouva sa couleur initiale.

Tata Glinglin posa une main sur l'épaule de Victor et lui annonça d'une voix adoucie :

« Il faut des dizaines d'années pour qu'un dragon puisse donner naissance à un seul petit. Tu dois en prendre soin. Il t'a été confié, tu en es responsable. »

Sidéré, Victor n'entendit même pas tata Glinglin partir.

Il installa son fauteuil usé devant l'âtre et observa tout l'après-midi, sans se lasser, cet œuf qui devrait désormais faire l'objet de toute son attention. Les teintes de la coquille changeaient parfois, au gré de vagues colorées semblables à celles qui parcouraient le corps du dragon.

De temps à autre, son hôte le gratifiait de quelques apparitions éphémères et à chaque fois, le cœur de Victor se serrait d'émotion. Il éprouvait pour lui une attirance instinctive, comme si un lien, presque viscéral, les unissait déjà.

Le temps passa sans qu'il s'en rende compte. Lorsque la nuit tomba, la chaumière demeura claire, baignée par la lumière chaleureuse de l'œuf. Victor mangea sa soupe en admirant le bébé dragon, qui continuait d'apparaître par intermittence puis veilla jusqu'au milieu de la nuit, avant de se résoudre à aller se coucher.

Allongé les yeux grands ouverts, fasciné par les reflets ambrés qui dansaient au plafond, il ne trouva pas le sommeil. Il repensait aux événements de ces derniers mois, et de ces derniers jours : le dragon, la première fois qu'il était entré dans sa vie, un soir d'automne, l'arbre qui menaçait sa chaumière, le renard prisonnier, la rivière gelée qui se dérobait sous ses pieds, et de nouveau le dragon, le nuage de vapeur dans l'air glacial, la chaleur de son corps. Jusqu'à cet après-midi bleu et la danse de tata Glinglin qu'il n'avait jamais vue si heureuse. Et enfin cet œuf, trésor sans prix dont il se retrouvait dépositaire sans qu'il en comprenne la raison.

Juste avant de s'endormir, finalement vaincu par la fatigue, il songea à ses amis. Il n'aurait jamais dû leur cacher cette fabuleuse histoire. Il ressentait une profonde culpabilité et s'entendit déclarer à voix haute, comme pour mieux se convaincre d'honorer sa promesse :

« J'irai demain à Lewiston pour tout leur raconter. »

Il n'avait que trop tardé à mettre dans la confidence ceux qui l'avaient accueilli puis aidé lorsqu'il en avait tant besoin. Comment aurait-il pu sans leur compassion et leur amitié surmonter la perte d'Iseabel ? Que serait-il devenu sans l'aide de Big Jack, sans le soutien du docteur Peter Kilmartin, sans l'affection distanciée de Walter et les silences complices de Johnny ?

Il était grand temps de partager avec eux ce beau secret.

CINQUIÈME PARTIE

31.   Les *deux J* à Lewiston

James força Jewel à creuser la tombe de son propre frère. Lorsqu'il jugea le trou assez profond, il poussa le cadavre du bout du pied, le fit rouler jusqu'à ce qu'il tombe en faisant un bruit mat, sinistre. En voyant Jewel appuyé sur sa bêche, debout au fond de la fosse, son crâne dégarni luisant de transpiration dépassant à peine de la surface du sol, James hésita et faillit l'abattre ici même, sans sommation. Il était prêt à le laisser pourrir sur cette colline aride que même les vautours semblaient éviter. Mais il aurait peut-être encore besoin d'un acolyte. Jewel également, malgré la haine absolue qu'il éprouvait à l'endroit de l'assassin de son frère, n'avait d'autre choix que d'accepter, pour le temps qu'elle lui serait utile, cette union sacrée. La vengeance attendrait. Et allez savoir ! Ce cinglé de James parviendrait peut-être à ses fins et un joli pactole viendrait récompenser sa patience et son abnégation. Il serait bien temps de s'en débarrasser alors.

Tout content de se découvrir si malin, il jeta sur la tombe une dernière poignée de terre et y planta une croix fabriquée à la hâte, qui ne résisterait pas à la prochaine brise un peu forte. Leur sordide besogne achevée, les deux hommes enfourchèrent leur monture et partirent plein est, en direction de la côte et de ses ports où James espérait glaner quelques informations utiles auprès des marins avinés.

Ils chevauchèrent plusieurs heures, l'un derrière l'autre. Pendant tout le trajet, James crut sentir le regard insistant de Jewel dans son dos. Son infortuné compagnon se contentait de fixer l'horizon d'un œil torve, en invectivant parfois sa monture lassée de ces interminables voyages et de ses rations insuffisantes : mais James l'imaginait pressé de lui enfoncer l'acier froid de sa lame entre les omoplates et lui jetait de temps à autre un coup d'œil méfiant. Il fut soulagé d'apercevoir, au-delà d'une petite plage baignée d'eau turquoise, les contours d'une ville portuaire.

Les *deux J* mirent pied à terre avant d'arriver sur les quais surchargés. La campagne de pêche reprenant, la cité tout entière s'enfiévrait. Les capitaines nerveux se hâtaient de compléter leurs équipages. La tâche était peu aisée, la main d'œuvre de qualité plutôt rare. Comme tous les ports à cette période de l'année, la ville grouillait de jeunes paysans que le métier de la terre, ingrat et dur, décourageait. Les récoltes médiocres, sujettes au climat imprévisible, ne nourrissaient pas toujours son homme malgré toute la peine donnée. Il n'était pas difficile de les convaincre qu'au-delà de l'horizon se trouvait une sorte de paradis où le poisson en abondance se transformait en montagne d'or. Au demeurant, tous les coups étaient permis pour embaucher les plus naïfs. Une méthode éprouvée consistait à les faire boire jusqu'à l'ivresse et signer dans la foulée un contrat qui leur imposait de partir dès le lendemain matin. Les marins de métier, eux, regardaient ces scènes pathétiques d'un œil blasé. Car ils savaient qu'à l'issue d'une seule campagne de pêche, et malgré l'âpreté des conditions de travail qu'ils fuyaient aujourd'hui, ces matelots éphémères retrouveraient leur modeste ferme et leur lopin de terre avec soulagement, sinon avec bonheur, et ne les quitteraient plus jamais.

James et Jewel entrèrent au hasard dans le premier pub qu'ils trouvèrent sur leur route et ciblèrent l'un de ces groupes de marins expérimentés qui, avachis sur leur siège au fond de la salle, observaient les allées et venues des recruteurs et de leurs proies en ricanant. À la vue des deux malfrats déguenillés, un silence gêné s'installa. Les marins avaient tout enduré au cours de leur longue vie d'aventure. Leurs visages burinés et leurs cicatrices racontaient mieux qu'un livre le manque de sommeil, les climats hostiles, les bagarres… Les plus âgés, ceux qui avaient survécu à tous les périls, n'avaient pour ainsi dire plus peur de rien. Et pourtant, le malaise qu'inspirait le faciès de Jewel et l'œil perçant de James les fit taire. Sans un mot, James fit un signe au serveur et offrit une tournée générale, avant de s'installer au milieu d'eux. Jewel s'assit à son tour. Il fixa un à un le visage des hommes en face de lui et ceux-ci détournèrent instinctivement le regard, supportant mal d'être observés par ce type malingre dont les yeux caverneux semblaient absorber la lumière des candélabres. James attendit que les marins aient fini leur pinte et leur en commanda immédiatement une seconde. Alors seulement, il prit la parole. Sa voix rocailleuse contrastait avec les manières polies, presque mielleuses, qu'il employa :

« *Gentlemen*, nous sommes à la recherche de quelques informations sur un sujet précis. D'informations monnayables bien entendu. »

Jewel continuait son observation minutieuse, sans un mot. Les marins avaient l'habitude des chasseurs de têtes et maintenant qu'ils pensaient avoir compris de quoi il retournait, ils attendaient qu'on leur donne un nom en pâture. Mais au lieu de cela, d'un mouvement sec du poignet, James déplia sous leurs yeux un vieux parchemin taché de sang :

« Voilà ce qu'un homme m'a *dit* avoir vu dans les highlands, il y a un an. »

Il ajouta aussitôt, avec un rictus effrayant qui aurait suffi à lui seul à lever tous les doutes sur la dangerosité de l'individu : « Enfin m'a *dessiné* plutôt, sans langue il ne lui était plus possible de parler, malheureusement. »

Les marins observèrent le dessin maladroit. On reconnaissait vaguement une carte de la région et un animal bizarre qui, de toute évidence, était censé représenter un dragon. Cette fois-ci, les marins s'agitèrent. L'un d'eux porta furtivement la main à sa ceinture, à laquelle un coutelas de bonne taille était accroché. Quelques-uns, à la table adjacente, se retournèrent et commencèrent à s'intéresser à la scène.

Imperturbable, James sortit d'une de ses poches une bourse en cuir remplie de pièces et la posa sur le parchemin.

Penchant son corps lourd en avant et surgissant de l'ombre où il était resté caché jusqu'à présent, un homme au visage marqué de cernes noirs et profonds émergea dans le cône de lumière vacillante et tendit la main vers l'argent. La lame du couteau de Jewel plantée violemment dans le bois à quelques millimètres de ses doigts interrompit immédiatement son geste. Le choc fut tel que le manche de l'arme vibra quelques longues secondes en produisant un bourdonnement menaçant, qui alla décroissant.

« Lewiston, au bout du loch Deer. »

Cette fois-ci, c'est James qui empêcha l'informateur de s'emparer de la bourse en posant sa main musclée sur la sienne :

« Comment le sais-tu ?

— Les gars de l'Astrolabe ont fait escale ici avant de gagner le large. L'un des matelots avait une oreille qui traînait du côté de la cabine de son capitaine. Le tuyau est fiable. »

James enleva sa main et laissa l'inconnu prendre sa récompense. Il interpella l'aubergiste :

« Te reste-t-il deux chambres pour cette nuit l'ami ? »

L'aubergiste acquiesça et James jeta un regard entendu à Jewel :

« Allons nous reposer, nous partons tôt. »

Vers quatre heures du matin, avant que les paysans ne se lèvent pour la première traite, les *deux J* chevauchaient à bride abattue sur un sentier blanchâtre qu'une pleine lune tardive traçait au milieu de la lande. Ils avaient laissé leurs pauvres carnes accrochées à l'entrée de l'auberge et réussi à voler deux chevaux en pleine forme dans une écurie mal surveillée. Ils sentaient, comme les vautours sentent la charogne à venir en l'animal blessé, que derrière le sommet de la dernière colline barrant l'horizon se trouvait l'objet de leur convoitise.

Juste au moment où le soleil apparaissait dans leur dos, James et Jewel s'arrêtèrent pour scruter attentivement la vallée paisible qui s'étalait à leurs pieds. Impossible pour eux de savoir que, plusieurs années auparavant, Iseabel se tenait exactement au même endroit, impatiente d'atteindre le petit bois qui formait une tache sombre sur le versant opposé, de l'autre côté de la rivière.

Le petit bois qui abritait la chaumière de Victor.

32. Les *deux J* au *Blackbird*

Victor se leva tôt et réchauffa le café de la veille sur le poêle. L'âge n'arrangeant rien à l'affaire, émerger du sommeil lui était de plus en plus difficile. Ses yeux peinaient à s'ouvrir, il trainait les pieds, les muscles encore engourdis et les gestes ralentis, avant que la troisième tasse consécutive ne fît son effet et ne le délivrât de sa léthargie.

Lorsqu'il le salua d'un affectueux : « Bonjour toi ! », l'œuf palpita comme un cœur lumineux. La silhouette du bébé dragon apparut pendant quelques instants et la coquille rosit. Elle dégageait ce matin une odeur agréable, que Victor n'avait pas sentie la veille, l'odeur des biscuits à la cannelle de son enfance.

La chaumière embaumait, la douceur de l'aube incitait à la paresse. Aller en ville ne le motivait plus guère…

Mais Victor se ressaisit. Il ne pouvait plus cacher à ses amis l'existence de ce dragon ni la présence de cet œuf magique, il s'était juré la veille de tout leur raconter !

Il rabattit les lourds volets en chêne, les bloqua de l'intérieur et vérifia deux fois que la porte était fermée à clef avant de partir. D'ordinaire, il ne verrouillait pas sa maison. Qui aurait l'idée saugrenue de pénétrer dans le modeste abri d'un pêcheur ? Victor ne craignait pas les cambrioleurs, il possédait si peu de chose ! Seul un miséreux aurait pu avoir quelque intérêt à faire le trajet jusqu'à ce coin paumé pour le voler, et avec un tel homme, plus pauvre que lui, il aurait partagé son pain sans hésiter. Aujourd'hui, cependant, sa chaumière abritait le plus précieux des trésors, il préférait prendre ses précautions.

Il arriva au village avant que le soleil n'ait atteint son zénith. En entrant au *Blackbird*, il repéra immédiatement les deux étrangers patibulaires attablés dans un angle sombre de la taverne. Jamais, de toute sa vie, il n'avait vu de visages plus sinistres. Les deux hommes mangeaient sans échanger un mot. La menace sourdait de chacun de leurs gestes. Même leur manière de mastiquer leur viande, avec une lenteur et une application malsaines, était effrayante. Walter semblait intranquille derrière son comptoir et leur jetait des coups d'œil à la dérobée.

Lorsque Victor annonça à son ami, avec un air de conspirateur, qu'il souhaitait l'entretenir d'un sujet confidentiel, ainsi qu'à Johnny et Peter, Walter lui indiqua l'arrière-salle d'un mouvement du pouce et héla son fils.

« Henry ! Descends, viens me remplacer au bar. »

Dans l'instant, le pas pesant du fiston fit craquer les marches irrégulières de l'escalier. Le gaillard était taciturne comme un chêne. Il avait hérité de son père ce trait de caractère en même temps que les sourcils broussailleux qui surplombaient ses yeux charbonneux. Il prit le torchon des mains de Walter, observa à son tour les *deux J* et se mit à essuyer les verres comme s'il n'avait jamais cessé de le faire.

Walter alla chercher Johnny et Peter, installés en terrasse, et le cercle d'amis se retrouva bientôt assis dans l'arrière-salle du pub. Ils semblaient impatients d'entendre ce que Victor avait à leur révéler de si extraordinaire, et qui justifiait autant de précautions et de manières mystérieuses.

Ils ne furent pas déçus…

Victor eut un peu de peine à entamer son récit. Il ne savait par où commencer. Mais une fois lancé, il ne s'arrêta plus et raconta ses différentes rencontres avec le dragon et l'apparition de l'œuf avec moult détails, d'une traite. Au fur et à mesure, les yeux de son auditoire s'arrondissaient de surprise et il fallut plusieurs minutes après que Victor eut annoncé : « Voilà, vous savez tout », pour que ses amis se remettent de leurs émotions. Johnny et Peter se regardaient, ébahis, comme pour vérifier qu'ils avaient bien entendu la même chose. Walter ne pouvait retenir un tic nerveux qui faisait trembloter sa lèvre supérieure et trahissait chez lui l'expression d'une stupéfaction intense. Ce fut lui qui rompit le silence en premier, pour poser la seule question qui lui venait à l'esprit :

« Comment peut-on t'aider ? »

Mais avant que Victor ne réponde, Henry passa sa tête par l'encoignure de la porte :

« Tata Glinglin veut parler à Victor. » Il ajouta, comme l'on annonce une très mauvaise nouvelle : « Elle est agitée. »

C'était peu dire… Tata Glinglin, qui se tenait juste derrière Henry, était furibonde. Elle écarta le solide jeune homme sans ménagement, se planta dans l'arrière-salle et sermonna Victor avec virulence :

« Que fais-tu là ? L'éclosion est imminente bougre d'âne, tu dois rester près de lui, tu ne dois pas le quitter, jamais ! Rentre immédiatement, nous t'apporterons de la nourriture, tout ce dont tu as besoin, rentre chez toi ! »

Elle répéta, en hurlant presque :

« Rentre chez toi ! »

Un sourire narquois flottait sur le visage des *deux J.* Ils n'avaient pas perdu une miette de ces vociférations. Ils jetèrent sur la table de quoi régler leur repas et emboîtèrent discrètement le pas à Victor, qui sortait de la taverne sous les jurons de tata Glinglin.

Une fois dehors, ils enfourchèrent leur monture et progressèrent lentement dans Lewiston. Les sabots ferrés des deux chevaux noirs produisaient sur le pavé un son lugubre. L'écho d'un hennissement déchirant roula dans les ruelles vides. Les cavaliers semblaient pervertir l'âme de leur élégant destrier, comme la gangrène pourrit les corps les plus sains, inéluctablement. Ils ne pouvaient être que des rebuts de l'enfer, deux âmes damnées que les seigneurs du Mal eux-mêmes avaient refusé d'accueillir dans leur antre ténébreux, rejetées sur terre pour répandre le poison, la peur et la désolation.

Un coup de talon vicieux dans les côtes à la sortie du village les amena au trot.

James et Jewel restèrent prudemment sur le sentier pour suivre Victor qui coupait à travers champs, suffisamment loin de lui pour ne pas être entendus, suffisamment près pour ne pas le perdre de vue. Lorsqu'ils arrivèrent à proximité de la chaumière du vieux pêcheur et que leur cible disparut dans l'obscurité du petit bois, ils mirent pied à terre et s'installèrent à l'abri d'un monticule. De là, ils pouvaient épier Victor sans risquer d'être repérés. Celui-ci farfouilla quelques secondes dans la serrure, poussa la porte et la referma derrière lui. Après quelques instants, il réapparut à la fenêtre et ouvrit les volets en grand. Une lumière éclatante jaillit aussitôt de la maisonnette et vint faire miroiter les troncs d'arbres autour des deux malfrats.

James se tourna vers son acolyte et déclara laconiquement :

« Nous y sommes. »

33.   Le vol de l'œuf

Les jours qui suivirent, ses amis se relayèrent pour approvisionner Victor qui, depuis le sermon de tata Glinglin, ne quittait plus sa chaumière. Il s'interdisait même de sortir dans le jardin.

Walter, Johnny, puis le docteur Peter Kilmartin eurent donc le privilège d'admirer, eux aussi, l'œuf toujours posé dans la cheminée. Leur réaction fut identique : la stupéfaction se mêlait à l'émerveillement. D'autant que le petit locataire se laissait entrevoir de plus en plus souvent. À chacune de ses apparitions, le bébé dragon dansait sa gigue bizarre, comme s'il était heureux, à l'abri dans sa coquille lumineuse.

Victor avait déplacé son matelas dans le salon, par terre, et s'endormait désormais tous les soirs à la lueur de cette veilleuse extraordinaire, qui dégageait une chaleur douce et enveloppante. Le quotidien, seulement rythmé par l'enchaînement des nuits et des jours, s'était mué en attente paisible et sereine, teintée parfois, malgré tout, d'une très légère et lointaine inquiétude.

Le cinquième matin de cette veille insolite, un grognement sourd derrière la porte signala la présence de Big Jack. L'ogre ne toqua même pas et pénétra dans la maisonnette avec la discrétion d'une tornade. La nouvelle était parvenue jusqu'à son manoir et la curiosité - dont il n'était pas dépourvu - l'avait poussé à quitter sa chère demeure pour venir voir de ses propres yeux cet œuf fantastique. Il n'arrivait pas les mains vides et portait un énorme panier dont le contenu devait permettre à Victor de se régaler plus d'un mois sans problème. Big Jack, outre la montagne de victuailles, avait également apporté sa cornemuse et un jeu d'échecs qu'il déploya sur la table du salon, avant même de jeter un coup d'œil à la cheminée.

Ce n'est qu'en relevant son imposante carcasse qu'il se trouva face à l'œuf. Victor lut alors sur son visage un sentiment rare chez lui : Jacky semblait transporté par l'émotion. Comme ses autres amis avant lui, il fut incapable de réagir pendant de longues minutes. Il était hypnotisé.

Sans transition, il saisit sa cornemuse et se mit à jouer un air que Victor reconnut aussitôt, une ancienne berceuse, une mélodie traditionnelle qui avait toujours existé, qui avait précédé l'humanité et les dragons, une berceuse peut-être plus vieille que la vie elle-même. Elle avait cette simplicité élégante et cette évidence poignante qu'ont les chansons surgies de la nuit des temps. Comme toujours lorsque Big Jack jouait de son instrument, on ne voyait plus l'homme irascible, mais seulement le magicien magnifique qui transformait l'air calme et limpide autour de lui en vibrations harmonieuses.

La coquille réagit immédiatement en se couvrant de fuchsia et en produisant des notes cristallines qui se mêlèrent aux plaintes lancinantes de la cornemuse. Jamais l'atmosphère n'avait été aussi féerique dans cette chaumière. Cette communion improbable entre le musicien et l'œuf merveilleux dura longtemps et lorsque la mélodie se tut, lorsque Big Jack décida qu'il était temps de s'en aller, le bébé dragon apparut quelques instants et s'agita dans sa coquille pour le saluer.

Victor vivait reclus chez lui depuis une semaine lorsqu'il sentit au réveil une odeur nouvelle, comme un parfum de fraise poivrée. Tata Glinglin, qui lui apportait ce jour-là un panier de produits frais, renifla bruyamment en pénétrant dans la chaumière, écrasa son index sur son nez et déclara solennellement :

« C'est pour bientôt. »

Elle ne resta pas longtemps et repartit gaiement, presque en sautillant, insouciante… Impossible d'imaginer à cet instant que les deux hommes les plus dangereux d'Écosse se tapissaient dans l'ombre à quelques mètres d'elle.

Une minute à peine après son départ, Victor entendit un cri strident, tout proche. Son premier réflexe fut de scruter les bois à travers la fenêtre. Mais un second hurlement, plus fort, un appel au secours cette fois-ci, le fit immédiatement se précipiter dehors, le fusil à la main. Ce ne pouvait être que tata Glinglin. Elle était peut-être tombée, s'était pris les pieds dans une racine ou des branchages, ou avait fait une rencontre fâcheuse avec un animal sauvage !

Mais c'était bien pire.

Le cœur de Victor chuta dans sa poitrine comme un poids inerte. En face de lui, l'un des étrangers aperçus au pub, le plus maigre, celui qui avait l'air d'un mourant maintenu en vie par la seule force de sa méchanceté tenait tata

Glinglin contre lui, un bras autour de ses épaules, un couteau plaqué contre sa gorge.

En un éclair, Victor se souvint qu'Iseabel avait disparu sous ses yeux à l'endroit précis où ce misérable menaçait aujourd'hui la vie de son amie.

Victor mit en joue le spectre hideux, sans hésiter. Jewel avait un ricanement nerveux et idiot qui trahissait à lui seul toute sa bêtise crasse. Au moment où sa tête hilare apparut dans le viseur du fusil, tata Glinglin poussa de nouveau un cri, mais de colère cette fois-ci ; elle tendait le bras, compulsivement, indiquant une direction derrière Victor en trépignant si fort que Jewel eut du mal à la maintenir contre lui et intensifia la pression de sa lame sur sa glotte, jusqu'à en faire perler quelques gouttes de sang.

Victor se retourna à temps pour voir le second étranger fourrer l'œuf dans une large pochette de cuir attachée à la selle de son cheval. Il pivota sur lui-même, le fusil toujours calé dans le creux de son épaule, bloqua sa respiration et ajusta difficilement le dos de James dont la monture zigzaguait entre les arbres.

Il appuya une première fois sur la queue de détente.

Aucun coup de feu ne retentit.

Il essaya une deuxième fois, une troisième fois… Seul le cliquetis inutile de la gâchette répondit à ses tentatives successives et il finit par perdre sa cible de vue. Il jeta son arme enrayée par terre et se retourna, prêt à en découdre avec le tortionnaire de tata Glinglin, mais ce dernier, après avoir fait lourdement chuter sa prisonnière d'une violente bourrade, venait de s'enfuir à son tour. Victor, impuissant, le regarda sortir du bois au grand galop et s'éloigner à travers champs.

Tata Glinglin se releva :

« Victor, Victor, il faut les rattraper ! »

Ce que ressentit Victor à ce moment-là n'avait plus rien d'humain. C'était un sentiment primaire, viscéral, une angoisse universelle mêlée à une colère sans limites : la détresse animale de la louve voyant son louveteau s'envoler dans les airs, enserré dans les griffes de l'aigle, et la rage de l'aigle lorsque l'oisillon tombé du nid finit dans la gueule du loup. La panique lui vrillait les boyaux, résonnait dans ses tempes, jusqu'à l'assourdir.

Tata Glinglin, vive comme l'éclair, prit Victor par la main et lui répéta d'une voix claire, dénuée de son habituel timbre nasillard :

« Tu dois les rattraper. »

Elle l'attira vers elle et, sous le choc, Victor s'aperçut à peine que la tignasse hirsute de la sorcière s'était transformée en une chevelure blonde et flamboyante qui ruisselait en cascade sur ses épaules fines. Lorsqu'elle se redressa de toute sa taille, elle dépassa Victor d'une tête. Et ce fut une femme d'à peine vingt ans, une fée portant les traits rajeunis de tata Glinglin, qui traîna précipitamment Victor jusqu'au bord de la rivière.

Elle s'y arrêta et scruta intensément la surface, le buste à moitié penché sur l'eau, comme pour retrouver quelque objet perdu tout au fond, dormant dans la vase. Puis, visiblement déçue, elle reprit sa course. Victor trottinait derrière elle. Il peinait à suivre le rythme infernal qu'on lui imposait. Le souffle court, il fut soulagé quand tata Glinglin - mais était-ce encore elle ? - se figea de nouveau au détour d'un méandre. Cette fois-ci, elle sembla avoir trouvé ce qu'elle cherchait. Elle siffla un coup bref et Victor vit bondir de l'eau un cheval blanc à la robe immaculée, auquel il manquait une oreille. L'animal s'ébroua gracieusement et observa celle qui l'avait appelé. Une lueur malicieuse brillait dans ses pupilles.

Victor reconnut immédiatement le Kelpie, un cheval aquatique plus rapide et agile que n'importe lequel de ses congénères terrestres, mais aussi beaucoup plus dangereux. Tata Glinglin passa promptement une bride en écorce de bouleau autour de son encolure et en confia l'extrémité à Victor. Elle l'avertit :

« Ne retire jamais cette bride, sinon le Kelpie redeviendra sauvage et imprévisible. »

Victor enfourcha sa monture. Il leva la main et fila comme une flèche giclant de la corde vibrante d'un arc, emportant avec lui l'image de cette femme à la beauté stupéfiante, dont les yeux devenus transparents à force d'être turquoise le fixaient, emplis d'appréhension.

34.   Le Kelpie

Victor, allongé sur l'encolure de sa monture, s'agrippait de toutes ses forces. La vitesse fulgurante du Kelpie, dont les sabots n'émettaient aucun bruit, comme s'ils ne touchaient pas terre, empêchait le vieil homme de regarder devant lui. La brise cinglante faisait pleurer ses yeux et brouillait totalement sa vue. Il gardait la tête baissée, le nez dans la crinière soyeuse de l'animal magique et jetait de temps en temps un œil rapide, sur le côté, pour essayer de se situer.

Il était incapable de contrôler la course folle du cheval et craignait que celui-ci ne tente de retourner vers la rivière pour y entraîner son cavalier par le fond, comme ces êtres magnifiques, mais sournois, ont coutume de le faire avec les imprudents séduits par leurs charmes.

Mais le Kelpie n'en fit rien. Il suivait le chemin qui menait au loch Deer, en coupant par l'intérieur des terres, et les toitures de Lewiston défilaient au loin sur la gauche.

L'animal accéléra encore. Victor luttait pour ne pas lâcher prise.

Alors qu'il essayait de se redresser un peu et de trouver une position moins acrobatique, il s'aperçut avec stupeur que le Kelpie commençait tout doucement à prendre une forme vaguement humaine, de l'encolure aux naseaux, tout en continuant à galoper à vive allure. Au bout d'un moment, le visage du cheval laissa place à celui d'un individu aux traits parfaits, à la peau lisse comme l'albâtre, qui se tourna vers Victor pour lui adresser la parole d'une voix caverneuse :

« Il te faudra bientôt me redonner la liberté car je ne peux approcher le Mal de trop près. »

Victor crut à une ruse et, instinctivement, serra encore plus fort la bride qui lacérait les paumes de ses mains crispées. Il accentua la pression de ses cuisses sur le corps musclé du centaure pour l'inciter à ne pas ralentir, mais celui-ci stoppa soudain sa cavalcade silencieuse, passant au trot, puis au pas, avant de s'arrêter. Ignorant l'avertissement qu'il venait de recevoir, l'esprit troublé par l'angoisse, Victor lui décocha un violent coup de talon pour le faire repartir : il fut immédiatement désarçonné. En chutant, il lâcha la bride qui glissa par terre.

Lorsqu'il se releva, sonné, il n'y avait plus trace du Kelpie. Dans sa main, quelques crins blancs arrachés au centaure commençaient progressivement à disparaître.

Victor s'était tordu la cheville en tombant. Il desserra légèrement les lacets de ses souliers pour atténuer la douleur qui l'élançait jusqu'au genou et continua en marchant, droit devant lui, au hasard.

À perte de vue, la lande, austère et monotone, tapissait les collines arrondies. Rien ne venait dévier la course du vent caressant les fougères : ni arbres, ni rochers, ni habitations.

La solitude de Victor était absolue.

Non seulement il n'avait pas la moindre idée d'où il se trouvait, mais ses enjambées douloureuses l'éloignaient peut-être encore plus des cavaliers qu'il poursuivait. D'ailleurs, quelle chance avait-il désormais de rattraper ces deux hommes déterminés sur leurs chevaux rapides ?

Il fut tenté un instant d'abandonner cette course absurde, de s'allonger sur l'herbe douce pour profiter des rayons brûlants du soleil, comme il avait coutume de le faire, après le déjeuner, lors de ses journées de pêche. Mais un pas en appelant un autre, Victor continuait malgré tout sa marche entêtée.

Bientôt, la fièvre le gagna et il se mit à délirer : à l'image du ventre arrondi d'Iseabel disparaissant derrière le *Bloody Flag* se juxtaposa celle de la cornemuse de Big Jack. Puis il vit tata Glinglin qui jetait des échalotes en riant aux éclats, elle avait vingt-cinq ans et Iseabel virevoltait avec elle dans la brume arc-en-ciel. La nuit tomba d'un coup, le soleil s'éteignit comme la flamme d'une bougie soufflée par un courant d'air. Tandis que Victor se reposait dans le creux protecteur d'un arbre centenaire en admirant la Voie lactée, les étoiles se muèrent en écailles scintillantes et un dragon rejoignit Cassiopée au firmament. L'instant d'après, l'Astrolabe accosta sur une île en forme d'œuf gigantesque, bordée de pins parasols au parfum de citron. De l'île-œuf émanait une lumière tragique qui balayait l'horizon comme le faisceau d'un phare. L'embrun trempa les joues de Victor et le sel brûla ses yeux, la lumière du phare se fit de plus en plus intense.

C'était un appel au secours !

Le vent tomba brutalement et l'île s'éloigna de l'Astrolabe, inéluctablement, tandis que les voiles inutiles du bateau pendaient tristement.

Victor sursauta. Il serrait dans ses paumes écorchées la tasse de café chaude que venait de lui apporter Iseabel. Celle-ci l'embrassa, jeta un regard d'une tendresse infinie vers l'âtre de la cheminée et lui murmura à l'oreille, en effleurant sa peau ridée de ses lèvres douces :

« Réveille-toi. »

La douleur qui irradiait de son pied à la hanche sortit violemment Victor de sa torpeur. Le soleil était couché depuis un bon moment. L'atmosphère s'assombrit encore et un vent tiède se leva, menaçant. D'épais nuages noirs vinrent masquer le léger croissant de lune et plongèrent la lande dans une obscurité absolue. Alors qu'il songeait que plus personne ne pouvait l'aider, que rien ne pourrait le guider dans ce néant hostile, Victor dut retenir un cri de surprise : à une centaine de mètres à peine, telle la flamme d'une lampe géante luttant vaillamment contre les ténèbres, un mince faisceau jaune apparut qui perçait la nuit jusqu'au ciel.

C'était lui !

L'espoir revint et Victor reprit sa course obstinée, traînant sa jambe meurtrie comme un poids mort. Il se rapprocha de la lumière mordorée qui dansait doucement dans l'air orageux.

James et Jewel avaient fait halte pour se reposer et établir leur campement.

À quelques mètres, Victor vit leurs silhouettes se détacher devant le feu qu'ils venaient d'allumer. Il aperçut l'œuf qui dépassait de la sacoche dans laquelle James l'avait mis quelques heures plus tôt. Les deux hommes, persuadés de ne pas avoir été suivis, n'avaient pas caché leur butin mieux que cela. C'était une chance : s'ils avaient été plus prudents, jamais Victor n'aurait pu les repérer.

Un grondement sourd roula dans la campagne, les éclairs violacés zébraient à intervalles réguliers les nuages qui s'amoncelaient au-dessus de la plaine. L'orage gigantesque annonçait sa venue, sans daigner lâcher pour le moment une seule goutte de pluie.

35. La mort de Jewel

Accroupi au milieu des fougères, Victor observait les *deux J.*

Jewel se leva et s'approcha de son cheval. Son visage cireux, pareil à un masque mortuaire, fut éclairé brièvement par l'œuf, dont l'éclat faiblissait. Victor réprima un frisson en reconnaissant les traits sinistres de l'homme : ses yeux disparaissaient presque au fond de leurs orbites et les coins de sa bouche s'affaissaient en un rictus crispé. Il prit *quelque chose* dans son bagage, mais son dos cachait ses gestes et il revint à sa place sans que Victor n'ait pu distinguer ce dont il s'agissait.

James, de son côté, s'était allongé, une vieille couverture sur lui, sans prêter la moindre attention à son complice.

Les deux brigands prévoyaient donc de bivouaquer. En voleurs aguerris, ils organiseraient certainement un tour de garde, dormant à tour de rôle et se relayant pour protéger leur butin. Mais une opportunité pourrait se présenter, un moment de relâchement fugace de l'un ou de l'autre.

Victor n'aurait alors pas le choix, il lui faudrait tenter quelque chose. Si le soleil se levait sans qu'il n'ait pu agir, ce serait la fin. Les deux hommes s'enfuiraient et Victor perdrait l'œuf à tout jamais.

Il en était là de ses réflexions lorsqu'il vit Jewel pointer sur James le fusil à canon court qu'il venait de prendre sur son cheval. James qui semblait dormir une seconde auparavant se redressa d'un coup et jeta sa couverture au loin. Victor l'entendit clairement ricaner :

« Comment peux-tu me croire assez stupide pour laisser une arme chargée à ta portée ? Tu vas rejoindre ton imbécile de frère plus tôt que prévu ! »

D'un bond, il fut sur Jewel et ses deux mains puissantes se refermèrent sur le cou décharné de son adversaire. Victor s'approcha un peu. C'était sa chance. Il évalua la distance qui le séparait des chevaux. Il pouvait profiter de la confusion provoquée par cette bagarre inespérée pour s'approcher aussi vite que possible malgré la douleur, sauter sur le cheval auquel était accrochée la sacoche de James et s'enfuir avec.

Il fallait jouer le tout pour le tout. Quelques mètres à parcourir pour atteindre son objectif.

Un instant, un court instant lui suffisait.

Tout son corps se tendit.

Il s'élança, mais sa jambe blessée céda immédiatement sous lui et il retomba lourdement face contre terre. Au moment où il prenait appui sur ses avant-bras pour une nouvelle tentative, il vit James se remettre debout. Il essuyait quelque chose contre son pantalon et Victor comprit qu'il s'agissait de la lame ensanglantée de son couteau. La lutte était déjà terminée. Quelques secondes avaient suffi à James pour tuer le chétif Jewel.

James s'éloigna un peu du campement en traînant le cadavre de son ancien compère. Un coup de vent raviva les flammes mourantes et le tonnerre gronda, encore plus fort, tel un roulement de tambour sinistre venant conclure un drame.

Puis le dernier des *trois J* revint tranquillement, comme si rien ne s'était passé. Il s'approcha de son cheval et en décrocha la sacoche contenant l'œuf qu'il ramena avec lui sur sa couche. Quelques instants plus tard, il était de nouveau emmitouflé dans sa couverture, son bras énorme enroulé autour de son butin, le couteau à portée de main.

La nuit la plus sombre reprit ses droits. Le cœur de Victor se serra : l'œuf ne rayonnait plus.

Dès qu'il entendit les premiers ronflements sonores de James, Victor entreprit de ramper doucement en direction du campement. Il venait de parcourir une petite vingtaine de mètres, lentement, si lentement qu'il faisait à peine bouger l'herbe autour de lui, quand l'orage, d'une violence inouïe, éclata d'un coup. Les nuages libérèrent enfin leurs trombes d'eau dans un fracas de tous les diables. Un éclair gigantesque surgit du ciel d'apocalypse et se refléta dans le blanc des yeux des chevaux affolés. L'un d'eux se cabra et poussa un hennissement terrifié.

La pluie diluvienne qui s'abattait sur la lande gorgea le sol en quelques instants. Les genoux et les coudes de Victor glissaient sur cette bouillie, mais il continuait vaillamment sa lente progression, redoutant par-dessus tout que James ne se réveille et ne décide de reprendre sa route à la recherche d'un abri.

Encore une quinzaine de mètres à parcourir.

Dix mètres avant d'atteindre les animaux qui s'agitaient de plus en plus, en proie à une panique grandissante.

Cinq mètres.

À la faveur d'un nouvel éclair qui projeta sa lumière crue sur le campement, Victor s'assura que James n'avait pas bougé.

Il parvint enfin près des chevaux, porta tout son poids sur sa jambe valide, et se releva. Il défit leurs harnachements et les bêtes libérées détalèrent sans demander leur reste. Le bruit de leurs sabots assourdi par le sol détrempé se perdit dans le tumulte des éléments.

Victor se remit aussitôt à plat ventre, tremblant de tous ses membres. Tout en fixant dans l'obscurité l'endroit où dormait James, il s'éloigna aussi vite que possible, en rampant à reculons. Il heurta soudain un objet mou, s'arrêta et, en tâtonnant, sentit les contours d'un visage osseux. Saisi d'un sentiment d'horreur absolue, il retira précipitamment sa main, essuya sur l'herbe mouillée le sang poisseux qui la souillait et roula sur le côté pour s'écarter du cadavre de Jewel.

Blam !

Cette fois-ci, l'éclair et le coup de tonnerre furent simultanés. La lumière éclatante grava la scène dans les rétines de Victor : le campement, vide, et James, debout, à l'endroit où étaient accrochés il y a une minute à peine les deux chevaux, en train d'agiter un poing rageur, les traits déformés par la colère.

Protégé par la nuit déchaînée, Victor continua de s'éloigner aussi vite qu'il le pouvait.

Lorsque l'épuisement le saisit finalement, il s'allongea sur le dos, haletant, laissa la pluie tiède fouetter ses joues. Les bras en croix et les jambes écartées, son corps meurtri s'enfonça un peu dans le sol assoupli. Une gangue de tourbe se forma autour de lui et la terre d'Écosse, cette terre qui avait bu le sang de tant de guerriers, morts en braves contre des armées toujours plus grandes et toujours plus redoutables, sembla lui transmettre un peu de son énergie séculaire. À son contact, il recouvra peu à peu ses forces.

Lorsque la pluie cessa, les nuages filant dans l'air humide laissèrent apparaître la lune par intermittence. Victor s'assit et entreprit de confectionner une attelle de fortune. Il enroula autour de sa cheville enflée la lanière en cuir qui avait servi de bride au cheval de James et serra de toutes ses forces. Quand la douleur reflua, il se leva, tenta quelques pas, y parvint, difficilement. Il ne courrait pas, mais au moins pourrait-il continuer d'avancer en claudiquant et poursuivre son ennemi désormais privé de monture.

Le ciel commença à s'éclaircir. Les reliefs adoucis retenaient encore quelques nuages effilochés. Le jour naissant révéla le paysage tel un lever de rideau, lent, sur le dernier acte d'une tragédie.

Victor parvint à se repérer. Il s'était arrêté au milieu d'une pente douce qui venait mourir au pied du loch Deer. C'était cette pente qu'il avait dévalée plus tôt, dans l'obscurité totale.

Il comprit que James et Jewel avaient suivi la rivière depuis la chaumière puis longé ce loch, en direction de la mer. Peut-être avaient-ils quelques complices qui les attendaient sur la côte ? Peut-être voulaient-ils embarquer le plus vite possible pour fuir en bateau ? Seule certitude : quel qu'ait été leur plan initial, il ne se déroulerait pas comme prévu. James était seul désormais. Il se savait traqué, vulnérable, et cela le rendrait peut-être plus dangereux que jamais.

36. La course poursuite

Victor remonta la pente, penché en avant. Arrivé en haut du coteau, il observa à bonne distance le campement : il n'y restait plus qu'un tas de cendre. James était parti. Il se redressa prudemment, scruta l'horizon et repéra aisément le voleur, au loin. Sa silhouette déformée par l'œuf qu'il portait sur son dos se détachait sur le ciel mauve lavé par l'orage. Il avait déjà pris beaucoup d'avance.

Une lente, longue et étrange poursuite s'engagea. James, alourdi par son fardeau, était obligé de s'arrêter régulièrement pour se reposer. Il se retournait fréquemment et humait l'air, comme un chacal méfiant, tandis que Victor utilisait habilement les cachettes peu nombreuses que la nature lui offrait pour rester hors de vue : replis du terrain, maigres buissons…

Les deux hommes continuaient de longer le loch dont les eaux claires étincelaient en contrebas. Cap à l'est. L'intuition de Victor était confirmée : James voulait rejoindre la côte. Celle-ci était encore loin, il faudrait de longues heures pour l'atteindre et un élancement de sa cheville rappela au vieil homme que son corps malmené ne le porterait probablement pas si longtemps.

Et pourtant, que pouvait-il faire, sinon avancer aussi discrètement et rapidement que ses forces déclinantes le lui permettaient ? Il devait tenir coûte que coûte, se rapprocher de James et tenter de s'emparer de l'œuf à la première occasion que les lois immarcescibles du Destin, le hasard ou la chance lui offriraient…

Quelques sternes passèrent au-dessus de sa tête en braillant. Vue de là-haut, la scène devait être cocasse : un vieillard boiteux suivant à bonne distance un bossu qui trainait sa carcasse, une course immobile dans un décor immense et vide d'âmes. James, de nouveau, dut se reposer. Il s'arrêta. Victor en profita pour se désaltérer dans un ruisseau qui serpentait jusqu'au loch. À l'abri d'une barrière d'ajoncs, jaune et parfumée, il se perdit quelques instants dans la contemplation de l'eau fraîche glissant sur un tapis de cailloux polis. Un peu en amont, un oiseau dodu y faisait sa toilette. Il fléchissait ses pattes minuscules pour s'immerger tout entier puis s'ébrouait en projetant des gouttelettes brillantes tout autour de lui, avant de recommencer son rituel, inlassablement.

Demain, cet oiseau ou un autre semblable viendrait ici pousser ses trilles en prenant son bain dans l'eau limpide, tout comme aujourd'hui, quoi qu'il arrive. Mais pour Victor, *demain* était un territoire inconnu, une terre inexplorée qu'il n'était pas sûr d'atteindre. Demain, la douceur de l'aube aurait peut-être le goût de cendre des crépuscules désespérés.

Victor essaya de se relever, mais tout son corps protesta : ses genoux craquèrent, ses lombaires se coincèrent. Lorsqu'il put enfin se déplier tout entier, avec mille précautions, ce fut pour constater que James, qui se tenait assis adossé à un rocher quelques instants plus tôt, avait disparu.

Il n'y avait plus trace du voleur, ni près du rocher ni plus loin. Nulle part.

Il fouilla le paysage du regard, s'attardant sur les plus petites aspérités du terrain, les reliefs les plus modestes, sans parvenir à le voir.

La panique le gagna. S'agissait-il d'une ruse ?

Il entendit un bruissement tout près de lui, très léger, discret, à peine un murmure. Il serra les poings et banda ses muscles usés, prêt à défendre chèrement sa peau, à jeter dans une ultime bagarre ses maigres forces.

Il se retourna. Ce ne fut pas son ennemi qui apparut derrière le buisson.

À portée de caresses se tenait le cerf majestueux que Victor avait déjà croisé à de nombreuses reprises, celui-là même que Big Jack avait failli tuer lors de leur dernière partie de chasse. Sa silhouette royale se détachait nettement sur le violet des bruyères et le bleu du ciel. Dans son attitude, nulle crainte, nulle volonté de fuir, au contraire : la tête tournée sur le côté, il regardait Victor, sans bouger. Le vieil homme s'approcha. Le cerf fit alors quelques pas pour s'éloigner, calmement, puis s'arrêta de nouveau. Victor le rejoignit et le manège reprit. De toute évidence, cet animal hors du commun l'invitait à le suivre.

Victor hésita. Mais James demeurait invisible et il ne pouvait se lancer à sa poursuite au hasard, dans n'importe quelle direction. Sa dernière chance de récupérer l'œuf venait de lui échapper. Il n'avait plus rien à perdre et le cerf semblait vouloir l'aider. Il décida de le suivre.

Le cerf progressait lentement, Victor marchant derrière lui à distance respectueuse. Parvenu à l'endroit où la plaine descendait en pente douce vers les eaux du loch Deer, l'animal fit une courte halte. Victor s'arrêta à sa hauteur et balaya du regard le panorama. Devant lui s'élevaient les hautes collines qui bordaient la face nord du loch. Vers l'amont, les falaises arasées laissaient deviner au loin, perdue dans la brume de chaleur, l'anse qui abritait l'Astrolabe lors de ses escales à Lewiston. Vers l'est, un immense rocher sortait de terre, presque à l'horizontale, tel le sommet d'une montagne secrète couchée là depuis des millénaires. Sa pointe acérée effleurait l'eau. Il formait un promontoire qui masquait à la vue toute la partie aval du loch. Le cerf s'engagea dans la pente et prit cette direction.

Sans pouvoir se l'expliquer, ce bloc massif, incongru, inquiétait Victor. Il craignait d'avancer plus avant. Il s'imagina soudain que derrière ce promontoire aiguisé comme une lame se trouvait le dénouement de son histoire. Plus il s'en rapprochait, plus sa volonté faiblissait, mais ses jambes cotonneuses portaient malgré elles son corps alourdi par tant de lassitude.

Arrivés à sa hauteur, Victor et le cerf contournèrent le rocher et descendirent jusqu'à une petite plage qu'il surplombait. De la vase émergeait un morceau d'épave, un squelette de bois vermoulu, qui avait dû appartenir à un navire d'assez belle taille, mais ne ressemblait plus à grand-chose désormais. Tout au plus pouvait-on deviner la forme d'une ancienne proue et les restes d'un mât brisé couvert de coquillages et rongé par l'humidité et le temps.

Portés par les courants et le flux et reflux des marées, il n'était pas rare que les débris de la mer viennent s'échouer sur ces berges intérieures. Dans ce pays, les limites entre la terre, l'eau et le ciel étaient mouvantes et incertaines, les langues salées des lochs léchaient les collines, les plaines et les montagnes. Leurs eaux troubles se mêlaient à celles cristallines des rivières et des ruisseaux qui veinaient la lande.

Quelques phoques curieux pointèrent le bout de leur museau moustachu. Loin d'être intimidés, ils dressaient leur petite tête ronde et luisante hors de l'eau, observant ces deux intrus de leurs yeux exorbités. L'un d'eux émergea avec un poisson encore frétillant dans la bouche qu'il oublia de croquer, tout étonné qu'il était de voir ces deux terriens plantés au bord de sa rive.

Victor, près du cerf, regardait alternativement ce gros rocher sinistre, cette plage sombre et ces morceaux d'épave disséminés çà et là.

Une seule question tournait dans son esprit désormais, une question simple, à laquelle il n'avait pas le moindre début de réponse : « Mais qu'est-ce que je fais là ? »

Comme s'il lisait dans ses pensées, le cerf, dont le pelage éclairé par le soleil prenait des reflets dorés, se mit à gratter le sol du bout de son sabot, avec insistance.

37. L'épave

Privé de toute volonté, abruti de fatigue, Victor s'en remit au Destin incarné par cet animal étrange et creusa à l'endroit indiqué. Patiemment, laborieusement, il commença à dégager des morceaux d'épave. Il trouva quelques menus objets, un coffre en bois, un verre à fond arrondi, un anneau…

Ses mains dégoulinaient de jus noirâtre, ses vêtements collaient à sa peau et la boue couvrait ses paupières. La tâche était pénible. Après avoir déterré un fragment de mât auquel s'accrochaient les restes d'une voile, il songea à s'arrêter pour se reposer un peu. Mais à ce moment-là il distingua quelque chose d'intrigant, qui l'incita à creuser encore et encore. Il ne pensait plus à James, à l'œuf dérobé, il ne pensait plus à rien en réalité. Il se retourna, chercha une planche à peu près intacte, en trouva une et s'en servit comme d'une pelle. Avec cet outil de fortune, il fouilla toujours plus profond.

La forme indistincte qu'il lui avait semblé reconnaître se précisa : du fond de la nuit, une femme le fixait de ses yeux en bois. Il tira de toutes ses forces et le sol accepta de libérer sa prisonnière dans un bruit de succion. Le visage puis le corps d'une sirène, dont les écailles finement sculptées couvraient la silhouette voluptueuse jusqu'au nombril, remontèrent doucement pour retrouver la lumière. C'était une figure de proue.

À sa base, des lettres de cuivre verdies par le temps formaient des mots que Victor ne put déchiffrer immédiatement. Il se pencha, les frotta vigoureusement et parvint finalement à lire : *Proud Iseabel*.

Victor se souvenait très bien de l'histoire de ce bateau, le plus beau de la flotte de William Mac Kenzie, victime de la « Tempête des Maudits ». Iseabel le lui avait longuement décrit. Et maintenant le navire perdu gisait là, sous ses pieds. Victor délaissa la sirène et regarda la forêt de bois tordus et rongés par le sel qui affleurait à peine.

Il était seul désormais. Le cerf avait disparu. Les phoques avaient replongé, lassés.

Le temps semblait avoir ralenti, le soleil était toujours haut sur l'horizon, le crépuscule encore loin. Mais le clapotis de l'eau se faisait plus insistant : la marée montait. Alors il reprit son étrange besogne, continua de creuser à l'aveuglette, sans savoir exactement ce qu'il cherchait, avec ses mains, avec sa planche, sans relâche, pelletant des kilos de boue pour arracher aux ténèbres humides un vaisseau fantôme et son équipage maudit.

C'était un travail titanesque, une tentative désespérée vouée à l'échec, comment aurait-il pu extraire de la vase un bateau entier à la seule force de ses bras ? Dix hommes vigoureux n'auraient pu accomplir un tel exploit en moins d'une semaine. Pour quelle raison s'acharnait-il ainsi ?

Il sentit au bout de ses doigts la roue du gouvernail avant de la voir, poursuivit fébrilement et s'arrêta d'un coup, le cœur battant. Victor, à genoux et souillé de la tête aux pieds, resta parfaitement immobile pendant un moment. Silencieux et recueilli, il s'inclina.

Ce n'était pas une épave qu'il venait de mettre à jour, mais une sépulture marine. Au fond de celle-ci, le blanc d'ivoire d'un squelette tranchait sur le noir de la vase. Quelques morceaux d'étoffe avaient résisté aux outrages du temps. Des galons brodés étaient encore visibles sur les lambeaux de tissu qui couvraient les os. Victor reconnut des insignes de capitaine. Sanglé dans ce qui avait été un costume magnifique, William Mac Kenzie reposait, ses deux poignets fermement liés à la barre par des nœuds impossibles à défaire. Il était mort comme tous les capitaines mouraient en mer en ces temps anciens, attaché à son navire par un homme de confiance, pour que rien ne puisse l'en arracher, ni les bourrasques, ni les lames d'eau, ni le naufrage lui-même. Pour continuer à gouverner jusqu'au dernier moment, jusqu'à la mort, et peut-être même au-delà.

Sur sa poitrine, au bout d'une chaîne rouillée, brillait une médaille en étain. Avec d'infinies précautions, Victor détacha le collier et prit le bijou. Il reconnut le motif gravé dessus. Il s'agissait des armoiries de la famille Mac Kenzie, que Victor avait déjà remarquées sur les meubles du navire d'Iseabel et sur la cire qui scellait la lettre qu'elle lui avait adressée : une sirène au visage séduisant tenant fermement une lance d'une main, un chardon de l'autre. Il retourna la médaille. Au verso figurait un symbole différent, qui lui était inconnu : encadré par cette même lance et ce même chardon, un dragon, majestueux et superbe, se dressait, gueule béante. Il avait un cou immense, des pattes palmées et deux petites ailes nervurées.

Victor comprit immédiatement. Ce que son esprit n'avait pu admettre, son cœur le savait. Désormais tout lui paraissait limpide, évident. Au contact de sa peau, la médaille se réveilla. Elle chauffa et brilla, des vagues de lumière la parcoururent. Puis elle se mit à vibrer et Victor eut l'impression de vibrer à l'unisson. La peur l'abandonna totalement. Il ressentit une sensation de flottement et entendit une mélodie, une petite musique qui résonna en lui, puis des mots prononcés dans une langue inconnue, mais dont il comprit le sens. Il savait confusément qu'il pourrait presque y répondre…

Il serra fort la médaille, empli d'espoir. Il se tenait droit et respirait à pleins poumons, toute fatigue envolée. Ses muscles fermes roulaient sous sa peau, il se sentait fort comme jamais. Il se rendit compte, sans surprise, que sa main brillait elle aussi désormais. Une onde lumineuse turquoise et mauve parcourut bientôt son bras et remonta jusqu'au coude. Il ne fallut pas longtemps pour que tout son corps se couvre de mille couleurs.

C'est alors qu'elle émergea de l'eau, sans un bruit, féminine. Lorsqu'elle se dressa devant lui, il ne vit pas son cou gracieux et ses écailles étincelantes, il ne vit pas ses deux petites cornes soyeuses qui l'intriguaient tant auparavant, il ne vit que ses yeux. Ses yeux en amande, noirs, bordés de cils interminables.

Impossible d'oublier le premier regard qu'elle lui avait jeté…

C'était elle. Toujours aussi belle, toujours aussi envoûtante.

Iseabel le dévisageait en ondulant, lascive, caressée par la brise indolente. Victor, ivre de joie, grimpa sur le promontoire rocheux et tendit la main. À peine eut-il effleuré sa peau, du bout des doigts, qu'une vague de couleur les unit aussitôt.

Cette couleur, on ne peut que l'imaginer, car elle n'existe pas, aucun peintre ne pourrait la reproduire, aucun poète ne saurait la décrire. C'était la couleur de Victor et d'Iseabel, elle leur appartenait, à eux deux, et à eux seuls.

Victor ressentit un choc léger dans le dos, mais aucune douleur. Il tomba à genoux au bord du rocher, un peu sonné, un peu surpris, et l'écho du coup de feu résonnait encore dans la vallée lorsqu'il se retourna et vit James, tout droit dans la pente, l'œuf posé à ses pieds. Il rechargeait son arme, posément. Son visage exprimait la tranquille assurance du tueur, le sang-froid du chasseur persuadé d'atteindre sa cible. La lumière implacable du soleil éclairait crûment sa peau ridée par la haine. Son sourire était celui d'un homme victorieux, dont le plan avait parfaitement fonctionné.

Une aubaine incroyable, l'histoire de cet œuf et de son gardien, qui lui avait évité une traque épuisante à l'issue incertaine. Rien de tel qu'un bon appât pour faire sortir l'animal de sa tanière. À ses yeux, Victor n'était plus rien, juste un obstacle dans sa ligne de mire qu'il venait d'éliminer, un idiot utile. La naïveté de ce vieillard l'avait amusé, avec ses tentatives pathétiques pour rester hors de vue lors de leur course-poursuite à travers la lande. Il aurait pu l'abattre à maintes reprises, par principe et pour se venger du vol des chevaux qui l'avait surpris et rendu fou de rage, mais quelque chose l'avait retenu. Certainement pas la pitié dont il était totalement dépourvu, mais une intuition que seul un cerveau si pervers pouvait bien avoir. Ce pauvre homme constituait peut-être un appât aussi puissant que l'œuf lui-même. Il l'avait donc épargné, au cas où... Bien lui en avait pris. C'est finalement lui qui l'avait conduit à sa proie.

Bref, une balle en argent dans le front de ce monstre, une belle femelle inoffensive, et l'affaire serait pliée, il fallait quand même se dépêcher. Il avait encore pas mal de boulot devant lui, dépecer ce bestiau pour aller en chercher le cœur ne serait pas chose aisée et il voulait achever sa tâche avant le crépuscule.

Victor détacha son regard de James et observa son propre sang qui gouttait dans l'eau du loch. Il leva son visage livide vers Iseabel et lui murmura qu'il l'aimait.

Alors Iseabel laissa éclater sa rage.

La puissance du dragon, la passion de l'amante et l'angoisse de la mère fusionnèrent en une colère incommensurable qu'aucune force au monde ne pouvait surpasser.

Un souffle formidable coucha l'herbe. Le loch serein devint océan houleux. Iseabel se redressa de toute sa taille, le cou tendu, les yeux étincelant. Elle était l'image même de la fureur absolue, dévastatrice. Sa silhouette se détacha rougeoyante sur le ciel d'azur et son ombre gigantesque flotta sur l'eau bouillonnante.

Dans un grondement assourdissant - la terre en trembla - un jet de feu immense sortit de sa gueule et embrasa la lande. James se transforma instantanément en statue incandescente, figée dans sa dernière pose. Sa bouche grande ouverte exprimait l'horreur et l'incrédulité. Son corps carbonisé se désagrégea. Des milliers de cendres minuscules s'envolèrent dans l'air surchauffé, et disparurent.

Victor, en équilibre sur le promontoire devenu petite île noircie sur une mer de flammes, cerné par le brasier infernal, n'avait pas une brûlure.

Il vit la coquille de l'œuf lumineux, qu'Iseabel tenait désormais entre ses mâchoires, se fendiller. Une patte minuscule apparut...

Puis il bascula. Il fit un plouf étouffé, presque timide, en tombant dans le loch. Le contact de l'eau était doux et apaisant. Dans son poing fermé, le médaillon d'étain prit la même couleur que l'incendie.

38. L'héritage de ma grand-mère

Ma grand-mère concluait ainsi son récit :

« Iseabel crut son amour perdu à tout jamais. Ses larmes coulèrent pendant des jours, des semaines, des mois. De lourdes larmes noires qui firent monter le niveau du loch Deer. La rivière de Victor finit par déborder de son lit, les eaux atteignirent la cime des arbres et engloutirent la petite chaumière du pêcheur. Lewiston ne tarda pas à être noyée à son tour. Le dragon continua de pleurer pendant si longtemps que toute la vallée fut inondée et qu'un nouveau lac, étendu et profond, s'y forma. Pendant des centaines d'années, on vit dépasser des flots sombres la cheminée de la maison de tata Glinglin. Certains affirment qu'elle fumait parfois les soirs d'été. »

Ce conte est le seul qu'elle m'ait jamais raconté. Une fois adulte et père, alors que j'avais moi-même un enfant en bas âge, elle m'en parlait encore avec une certaine gravité. Elle me rappelait dès qu'elle le pouvait qu'il ne fallait jamais oublier Victor et Iseabel.

Cela énervait toujours sa propre fille, ma mère. J'ai saisi quelques échanges houleux entre elles deux à ce propos :

« Tu ne veux pas arrêter cinq minutes avec ça maman, tu vas nous rendre dingues !

— Ce n'est pas une légende, tu as une responsabilité immense, lui répondait ma grand-mère, impassible. »

Ma mère s'en allait alors en soufflant et en secouant la tête au comble de l'exaspération. Mon père essayait de la calmer, en vain, elle lui répliquait vertement :

« J'en ai assez de ces bêtises ! Elle finit par croire à ses propres élucubrations ! »

C'était une cause de dispute récurrente dans la famille, qui gâcha de nombreuses soirées et m'empêcha de voir Mamy aussi souvent que je l'aurais souhaité.

Peu après son centième anniversaire, ma grand-mère me fit venir chez elle. L'adulte que j'étais devenu lui rendait peu visite d'ordinaire, accaparé par son travail et une pléthore d'activités prétendument indispensables. Mais lorsqu'elle m'avait appelé, ce qui était rare, je n'avais pas hésité.

Elle vivait toujours dans sa ferme en pierre perchée en haut du village, que mon grand-père avait entièrement rénovée, et restait la plupart du temps dans son canapé, face aux baies vitrées du salon derrière lesquelles se laissaient admirer les collines parsemées de champs clairs et de forêts de sapins. Elle tricotait, lisait ou faisait des mots croisés découpés dans les magazines. Il n'y avait pas d'Internet là-haut et l'énorme télé cachée dans un meuble de la salle à manger n'était allumée qu'une fois par jour, à vingt heures pour les informations, et éteinte dès le journal terminé.

La clef de la ferme toujours accrochée à mon trousseau était inutile, la porte n'était jamais fermée. J'entrai sans frapper et rejoignis ma grand-mère dans le salon où je l'embrassai avant qu'elle n'essaie de se lever :

« Reste tranquille Mamy, je m'occupe de préparer le café. »

Quelques instants plus tard, je déposai sur la table basse deux tasses fumantes, du sucre, du lait et quelques tranches de *cake*. Le temps était radieux, le soleil chauffait nos visages à travers les vitres. Lorsque ma grand-mère prit la parole, je me retrouvai soudain quelques dizaines d'années en arrière, petit garçon dans mon lit, envoûté par le son de sa voix :

« Je t'ai fait venir, car je me sens un peu fatiguée ces temps-ci et je voudrais, comme l'on dit dans les contes, précisa-t-elle malicieusement, te confier quelque chose. Tu sais que la légende de Victor et d'Iseabel n'en est pas une. Ta mère refuse de l'entendre, mais toi, tu me crois… »

Il n'était pas question à ce moment-là de contrarier ma vieille mamy et de lui faire de la peine. Je me tus et ne la contredis donc pas.

« Toute mon enfance a été rythmée par les campagnes de mon père, il était souvent absent. Je t'en ai un peu parlé lorsque tu étais petit. J'ai vécu, moi aussi, l'angoisse du départ, les ports en liesse au retour de la flotte, les récits captivant au coin du feu. C'est lui qui m'a raconté l'histoire de Victor et d'Iseabel telle que tu la connais. Lorsqu'il souffla ses quatre-vingts bougies, il me fit venir, comme je t'ai fait venir aujourd'hui, pour me confier son médaillon. »

Sur ces mots, elle retira la chaîne cachée sous sa chemise, au bout de laquelle se balançait la médaille imposante qui m'avait tant fasciné lorsque j'étais enfant. Le passage à l'âge adulte avait fait de moi un bien triste alchimiste : l'or s'était mué en étain.

Elle me fit signe d'approcher et posa le bijou dans la paume de ma main, solennellement. Je reconnus immédiatement le bateau qui y figurait. Mais ce que je n'avais jamais remarqué, en revanche, c'était le dragon à la gueule béante sur l'autre face.

Elle garda quelques instants ses deux mains ridées sur les miennes, et ferma les yeux. Puis, comme mon téléphone portable ne cessait de vibrer, elle me congédia en souriant :

« Allez va, je ne veux pas t'embêter plus longtemps, je sais comme tu es occupé, va mon petit ! »

Quelques mois plus tard, je décidai de partir en voyage en Écosse, seul. Je crois que je traversais ce que l'on appelle « la crise du milieu de vie », l'envie banale d'une pause dans un rythme de vie effréné. Je me souviens très précisément du jour où je pris cette décision.

J'aidais mon fils à terminer en urgence un devoir pour le lendemain, devoir dont il avait évidemment totalement oublié l'existence. Après quelques remontrances de ma part, nous nous attelâmes ensemble à cette tâche pour lui éviter de récolter une très mauvaise note. Le sujet n'était pas compliqué : « Raconter, en une page, un mythe ou une légende de votre choix. »

Après avoir exclu le père Noël, les cloches de Pâques ou les trolls norvégiens, nous nous intéressâmes au monstre du loch Ness. Pour aider mon fils à situer le célèbre lac écossais, nous nous promenâmes sur un site de cartographie en ligne. Les nombreuses illustrations permettaient de faire une visite virtuelle du lieu. Nous nous amusâmes à survoler les berges du lac et nous arrêtâmes quelques instants devant les photos d'un château aux ruines imposantes. Sous la flèche de la souris, son nom apparut, « Urquhart Castle », assorti d'une recommandation : « vaut le voyage, à voir absolument. » Une note reflétait la satisfaction moyenne des touristes qui avaient suivi ce conseil. Un peu en retrait, au bord d'une rivière qui portait le doux nom de Coiltie, un autre nom attira mon attention : Lewiston.

C'est à ce moment-là que l'idée me vint d'une semaine de vacances en solitaire près du loch Ness. Je pensais mettre à profit ces quelques jours pour me reposer, mais également corriger un manuscrit que j'avais sous le coude depuis des années.

Le soir même les billets étaient réservés.

Quinze jours plus tard, j'attendais, impatient, l'heure d'embarquement derrière les vitres d'un terminal gris de l'aéroport d'Heathrow.

39. Le musée

Mon avion atterrit à Glasgow sous un ciel sans nuages. L'air climatisé n'avait pas arrangé un mal de gorge naissant et une légère fièvre commençait à me gagner. Il faudrait que je trouve une pharmacie.

Je louai une voiture décapotable, un coupé anglais que l'agence me fit payer une fortune, et pris la direction d'Inverness. Rapidement, je m'aperçus que la beauté des paysages dépassait en réalité ce que j'avais pu imaginer. La route serpentait entre les lochs endormis au fond des vallées encaissées, chaque virage dévoilait de nouveaux sommets, toujours plus majestueux, toujours plus époustouflants.

Des panneaux d'avertissement plantés tous les cent mètres mettaient en garde contre l'apparition des cerfs qui pouvaient débouler à n'importe quel moment et traverser la chaussée. J'eus la chance d'en apercevoir un d'ailleurs. Il se tenait en surplomb et regardait les véhicules passer sur son territoire. J'aurais aimé m'arrêter quelques instants, mais l'absence de bas-côté, remplacé à cet endroit par des murets de pierre, ne me le permit pas. En jetant un œil dans le rétroviseur intérieur, je vis disparaître l'élégant animal entre les arbres.

J'arrivai en début d'après-midi à Inverness et décidai de ne pas y faire de halte malgré la fatigue du voyage. Une certaine excitation commençait à me gagner, j'avais hâte de découvrir ce loch légendaire situé à quelques kilomètres désormais. J'empruntai l'A82 qui longeait la rivière Ness. Cette dernière s'élargissait rapidement pour former un lac étroit que la route franchissait, réplique miniature de son illustre grand frère. Juste après le pont, je garai ma voiture près d'une chapelle entourée d'un cimetière parsemé de croix celtiques puis, en quelques pas, atteignis enfin la rive du loch Ness.

J'avais imaginé ce lac parcouru par les bancs de brume, sinistre et cerné de sommets inquiétants. Un lieu imprégné de magie, peuplé de chimères et propice aux visions oniriques…

Il se révéla lumineux et gai sous le soleil printanier. Les voiles blanches des plaisanciers se croisaient et les touristes s'entassaient sur le pont de bateaux bondés, chapeau vissé sur le crâne, sac en bandoulière et téléphone au bout d'une perche. Ils regardaient distraitement les eaux du lac pendant cinq minutes, riaient aux plaisanteries du guide qui grésillaient dans les haut-parleurs, puis, lassés, se dirigeaient vers la boutique du bord pour acheter une peluche en souvenir. J'imaginais les bus énormes qui les attendaient et dans lesquels ils s'engouffreraient comme un seul homme, déjà pressés d'atteindre la prochaine destination, de découvrir en courant un nouveau site, puis de repartir chez eux, embarrassés de ces milliers d'images collectées qui viendraient mourir au fond d'une carte mémoire ou d'un tiroir.

Une végétation luxuriante couvrait les berges et les collines. Le vert clair des fougères naissantes et le violet des jacinthes contrastaient avec la roche nue des falaises. Je reconnus la silhouette d'un aigle qui tournoyait là-haut.

Le spectacle était magnifique, mais j'étais, malgré moi, un peu déçu. Cette lumière crue qui baignait le loch lui enlevait une grande part de son mystère, comme les néons qui se rallument sur une scène de théâtre en révèlent tous les artifices, substituant aux mirages de notre esprit les banalités du réel. Difficile d'imaginer une créature centenaire tapie dans les profondeurs du lac et supportant de voir passer au-dessus de sa tête des dizaines de bateaux à touristes et de skis nautiques.

Je repris la route en chantonnant, heureux tout de même. Le printemps avait tardé cette année, autant en profiter. Je trouvai une radio exclusivement consacrée au jazz et la voix grave et joyeuse de Louis Armstrong m'accompagna durant le reste de mon périple.

Je dépassai un musée sur le toit duquel un monstre gonflable s'ennuyait à mourir, et fis demi-tour quelques mètres plus loin. Pourquoi ne pas aller y jeter un œil ? J'avais tout mon temps après tout, et cela m'amuserait.

La guichetière laissa tomber quelques instants la couverture en *patchwork* qu'elle était en train de tricoter pour me tendre mon billet d'entrée avec un grand sourire. L'exposition était bien agencée, agréable à parcourir. J'y appris plus de choses que je ne l'aurais cru et y restai finalement près de deux heures. Si le plus célèbre cliché du monstre du loch Ness était un canular, en réalité la photo d'une figurine en carton-pâte accrochée à une branche, on ne pouvait que s'étonner devant le nombre de témoignages relatant l'existence d'un monstre dans le lac.

Dès le sixième siècle, un moine irlandais du nom de saint-Colomban vit une créature surgir de l'eau et replonger aussitôt. Mille ans plus tard, quelques promeneurs déclarèrent eux aussi avoir aperçu un animal étrange, d'une espèce inconnue, l'espace de quelques secondes. À la fin du dix-neuvième puis au vingtième siècle, l'engouement autour du monstre prit une ampleur phénoménale, attisé par les médias et l'appât du gain de quelques farceurs peu scrupuleux. De nouveaux témoignages affluèrent, la plupart farfelus, d'autres plus troublants, décrivant « une grosse salamandre » ou un « serpent géant avec deux bosses ».

La seconde partie du musée tentait d'apporter des explications concrètes à ces nombreuses observations. On y apprenait que la couleur sombre des eaux, qui empêchait les plongeurs d'y voir à deux mètres, était due à la nature géologique des lieux et que des troncs d'arbre chargés de gaz remontaient parfois du fond du lac, flottaient quelque temps et coulaient une fois ces gaz libérés, en provoquant des remous et des bulles. La surface, si calme en apparence, cachait en réalité de forts courants qui pouvaient expliquer certaines « hallucinations », surtout par temps de brouillard.

L'anecdote qui m'amusa le plus fut celle des éléphants : un directeur de cirque installé à Inverness avait pris l'habitude, dans les années 1930, d'emmener son troupeau se baigner dans le lac. Les pachydermes immergés laissaient le haut de leur dos et leur trompe dépasser de l'eau, et les habitants, qui n'avaient jamais rencontré ces animaux exotiques, y virent le corps et le cou d'êtres extraordinaires. La rumeur et l'exagération des commères firent le reste.

Un panneau en forme de sous-marin jaune expliquait que les scientifiques avaient quand même mené des études très sérieuses et mis en œuvre des moyens technologiques considérables pour percer le mystère du loch Ness. Le lac fut sondé par des radars sophistiqués, certains « échos atypiques » furent enregistrés, finalement attribués à des bancs de poissons ou tout simplement, là encore, à des troncs d'arbres. Aucune de ces recherches ne conclut à la présence d'un animal surnaturel dans le désormais très célèbre loch Ness. On avança, tout au plus, l'hypothèse d'une anguille géante.

Toutes ces informations, présentées avec honnêteté et étayées par des observations scientifiques scrupuleuses ne laissaient guère de doutes au visiteur : le monstre du loch Ness n'existait pas. Ce qui n'enlevait rien, me dis-je, à la spectaculaire beauté des lieux et à la fascination qu'ils pouvaient exercer sur les âmes romantiques.

L'exposition se terminait par la projection d'un court-métrage pour le moins troublant. On y distinguait une bosse rougeâtre qui parcourait le lac en zigzag, faisait demi-tour et disparaissait. La légende indiquait qu'en 1960, un ingénieur en aéronautique muni d'une caméra « super huit », Tim Dinsdale, avait enregistré cette apparition avant de revenir au même endroit quelques heures plus tard pour filmer, dans des conditions similaires, un simple bateau. En comparant les deux vidéos, on constatait une différence très nette entre les deux objets. On en concluait aisément que la forme imposante sur le premier film ne pouvait en aucun cas être une embarcation.

Les explications se terminaient par cette précision : « Ce document fut considéré par les meilleurs techniciens spécialisés comme tout à fait authentique. »

40. L'*Esoteric Shop*

Une fois sorti du musée, je continuai mon périple et atteignis rapidement les ruines du château d'Urquhart, surplombant le loch et colorées par les dizaines de visiteurs à casquette qui en parcouraient les remparts étayés et les sentiers balisés. Une rivière étroite formait une embouchure à cet endroit. Je m'engageai sur la route de campagne qui la longeait et arrivai enfin quelques minutes plus tard à Lewiston, une ville toute petite, constituée de quelques cottages alignés de part et d'autre d'une voie unique. Je louais une chambre au *loch Ness Inn*, y déposai ma valise, et ressortis immédiatement profiter du beau temps. Encore un peu malade, je demandai au premier habitant que je croisai - un type curieux affublé d'une espèce d'armure qui ressemblait à un déguisement de soldat pour enfant - s'il y avait une pharmacie ouverte dans le village, ou un médecin qui pourrait me recevoir. Il me répondit, gêné, qu'il n'y avait pas de pharmacie et que le docteur de Lewiston ne consultait pas l'après-midi... Il ajouta : « Désolé mon brave », et continua sa route, le torse bombé, le dos raide comme un manche de parapluie...

J'en pris mon parti. Quelques instants plus tard, je savourai une bière fraîche dans un jardin du *Lewiston Arms*, accoudé sur un vieux tonneau de whisky faisant office de table.

Je joignis ma femme restée à Londres. Elle me rappela que j'étais censé profiter de cette semaine au calme pour terminer les corrections de mon manuscrit puis me passa mon fils, qui ne manqua pas de me demander, goguenard, si j'avais réussi à attraper le monstre du loch Ness... avant de me préciser que son devoir sur les mythes et légendes avait reçu la note « A ». J'en ressentis une légitime fierté. Ce devoir, je l'avais rédigé en partie finalement.

Je finis ma pinte, jetai un regard noir à une vieille commère qui n'avait cessé d'écouter ma conversation téléphonique avec une remarquable indiscrétion, et décidai de rentrer à l'hôtel. La chambre mise à ma disposition était coquette et propre. Je pourrais m'installer sur le petit secrétaire pour travailler confortablement. Je déballai mes affaires puis descendis pour le dîner.

Dix-neuf heures venaient de sonner, ces aventures m'avaient ouvert l'appétit. Avant de me rendre à la salle à manger, je demandai au préposé de l'accueil quelques renseignements sur les chemins de randonnée les plus intéressants à parcourir dans le coin, à l'écart des hordes de touristes. C'était un grand type un peu gauche, qui m'inspira une sympathie immédiate, mais fut incapable de m'apporter la moindre information. Il répondit en bafouillant : « Je ne sais pas », à chacune de mes questions. Désireux de ne pas le mettre dans l'embarras, je cessai de l'interroger.

Après diner, je lui demandai malgré tout, sans trop d'espoir, de me préciser les horaires du petit déjeuner. Il me regarda puis s'en alla, sans un mot. Quelques minutes plus tard, j'entendis la voix du maître d'hôtel tonner : « 7 h 30 - 9 h 30. » Lorsque le grand échalas revint, il m'annonça, assez fier : « 8 h - 10 h 30, Monsieur. » Je le remerciai chaleureusement et remontai dans ma chambre en réprimant une envie de rire.

Je me levai tôt, à six heures du matin, et profitai des rives du loch Ness, presque seul. Ce lac méritait décidément sa réputation. Dans la douceur mauve du petit matin, il dégageait une indicible sérénité. Je le contemplai de longues minutes, à peine dérangé par quelques badauds solitaires et un couple amoureux.

Je m'enfermai ensuite jusqu'au soir dans ma chambre d'hôtel pour m'atteler à la relecture de mon manuscrit et m'arrêtai lorsque mes yeux commencèrent à voir trouble, épuisés par l'écran de l'ordinateur. Je décidai alors de retourner au *Lewiston Arms* profiter de la fin de journée.

Le patron, un type râblé, avare de gestes et de paroles, me servit ma pinte avant même que j'aie eu le temps de la commander. Il me traitait déjà en habitué. Les rayons du soleil couchant volaient leurs couleurs aux vitres bigarrées pour en décorer le pub. Un grand miroir usé derrière le comptoir reflétait la salle vide et silencieuse, baignée d'une lumière d'église poussiéreuse. Contre toute attente en cette période d'affluence touristique, il n'y avait pas d'autres clients. Sur le mur près de moi, une gravure ancienne figurant une grouse côtoyait des trophées de chasse, têtes de sangliers et de cerfs à la ramure duveteuse. Plus loin, accrochées de travers, des peintures représentant des voiliers de toutes les tailles, des scènes de pêche ou des ports rappelaient au visiteur la présence de la mer à quelques dizaines de kilomètres.

Ma deuxième journée à Lewiston s'achevait. Déjà… Je ne ressentais nullement ce dépaysement que l'on éprouve souvent lors des escapades en terres étrangères. Le temps filait à toute allure et j'étais dans ce village bordant le loch Ness comme chez moi. Tout me paraissait familier.

En tête à tête au comptoir avec le patron taiseux, je le regardais astiquer les pompes, taciturne et besogneux. Il me sembla soudain qu'il s'agissait peut-être du bon interlocuteur pour répondre à une question particulière… une question qui me taraudait depuis le jour où j'avais décidé de me rendre à Lewiston. Y apporter une réponse constituait d'ailleurs, même si je refusais de me l'avouer consciemment, la raison d'être de ce voyage.

Malgré moi, l'histoire racontée par ma grand-mère me hantait. J'étais rationnel, scientifique et athée. Mais les apparitions inexplicables, les récits extraordinaires et les expériences magiques ne me laissaient pas totalement indifférent. J'accordais d'ailleurs toujours aux témoins d'évènements surnaturels le bénéfice du doute. Peut-être avais-je, également, gardé mon âme d'enfant… En tout cas je ne risquais rien à l'interroger me dis-je. Au pire, j'aurais l'air ridicule, ce qui n'avait aucune importance.

Je défis discrètement le médaillon que ma grand-mère m'avait confié et que je portais en pendentif, le posai devant moi et demandai au patron, lorsqu'il sembla moins affairé, s'il pouvait me renseigner. Il acquiesça d'un grognement, s'approcha de moi et avant que je n'aie eu le temps d'ajouter un mot, se figea à la vue du bijou. Ses lourds sourcils noirs se froncèrent un peu. Sa moustache frémit imperceptiblement. Il sortit un stylo jetable de sa poche, prit une carte de visite du pub et, au verso, y griffonna un nom et une adresse. Il tapota du doigt dessus en esquissant ce qui devait être, chez lui, un sourire. Je mis la carte dans mon portefeuille et le remerciai.

Lorsque je pris congé, il refusa catégoriquement que je règle ma consommation.

Le lendemain, j'abandonnai toute idée de travail, laissai mon ordinateur éteint et mon manuscrit dans le secrétaire. Je n'avais qu'une envie : me rendre à la boutique indiquée par le patron du pub sur le bout de carton que je tenais à la main, l'*Esoteric Shop,* pour y rencontrer sa propriétaire, une certaine *Mrs MK.*

J'avalai mon petit déjeuner copieux aussi vite que possible et partis à la recherche de cette mystérieuse boutique. Je ne disposai d'aucune adresse précise, mais comme le village n'avait qu'une seule rue, je me contentai de parcourir celle-ci en flânant. J'atteignis bientôt le panneau signalant l'entrée de Lewiston et dus rebrousser chemin, bredouille. Je parcourus la route en sens inverse et arrivai à l'autre extrémité, sans être passé devant le magasin.

Un peu décontenancé, je revins de nouveau sur mes pas et croisai un policier qui faisait sa ronde. Et quel policier ! De mémoire, je n'avais jamais vu un tel mastodonte. Il était aussi grand que large, son ombre géante, allongée par le soleil qui se levait juste derrière, le précédait sur le trottoir. Son casque oblong posé sur son énorme tête penchait dangereusement sur le côté et lui donnait un air grotesque. Personne, à mon avis, n'aurait toutefois osé le railler.

Il s'approchait à longues foulées. Un rouleau compresseur lancé à toute vitesse sur moi ne m'aurait pas plus impressionné… Lorsqu'il fut à un mètre, je lui tendis, intimidé, le bout de carton sur lequel figurait le nom de la boutique que je recherchais. Le géant farfouilla dans sa barbe fournie, me regarda de toute sa hauteur et me demanda, ou plutôt, m'ordonna, de le suivre. J'obtempérai sans hésiter. Avec un tel policier, Lewiston n'avait pas dû subir de cambriolages depuis longtemps… Il me guida jusqu'à un cottage en pierre, coincé entre deux maisons blanches. Aucune enseigne, aucun signe distinctif ne permettait d'imaginer que la maisonnette abritait un quelconque commerce. Une seule fenêtre de guingois donnait sur la rue. La porte était étroite et basse.

Je remerciai le policier et entrai.

41.   Les ruines d'Urquhart

Un carillon accroché au-dessus de la porte signala mon entrée, mais personne ne vint m'accueillir. Je commençai donc à visiter tranquillement la boutique, minuscule et encombrée d'un capharnaüm incroyable, du sol au plafond. Comme dans ces vieilles brocantes que l'on peut parcourir cent fois sans en épuiser les surprises, j'eus l'impression que je n'arriverais jamais à découvrir tout ce que cette caverne merveilleuse recelait de curiosités, accessoires, bijoux, bouquins, gadgets, vêtements bariolés, objets dont l'utilité m'était totalement inconnue, et autres pierreries dont je devinais qu'elles devaient protéger son propriétaire de toutes les maladies existantes, et peut-être même servir de porte-bonheur.

Des affiches couvraient l'ensemble des murs, illustrées de motifs floraux abstraits et de portraits d'animaux colorés. Toutes annonçaient la date de la fête de Beltane, année par année, depuis 1920 jusqu'à nos jours. Je constatai d'ailleurs, amusé, que la prochaine fête se déroulerait le lendemain. Je me promis de demander quelques précisions à ce sujet, car il n'y avait aucune indication sur l'affiche, ni heure, ni lieu de rendez-vous, et j'étais curieux de savoir comment l'arrivée du printemps était désormais célébrée en Écosse. Je doutai que l'on fît encore passer des troupeaux entiers entre d'immenses bûchers plantés au beau milieu d'une forêt magique…

D'ailleurs, les druides existaient-ils encore ? Décorait-on sa maison en ce jour particulier, comme par le passé ? Organisait-on toujours des banquets dans des clairières secrètes ? J'en étais là de mes interrogations lorsqu'un « bonjour » nasillard prononcé juste derrière moi me fit sursauter. Je me retournai et me retrouvai nez à nez avec une toute petite veille à la tenue improbable. Je ne l'avais ni vue ni entendue arriver. Vêtue d'un assemblage complexe de tissus chamarrés qui traînait par terre derrière elle, chaussée d'une paire de bottines violettes et affublée d'une sorte de couronne végétale posée sur ses cheveux hirsutes, cette femme était assortie à sa boutique.

« Puis-je vous aider ?

— Je cherche Mrs MK.

— C'est moi-même. »

Elle me regarda fixement, par en-dessous, sans bouger, et me mit un peu mal à l'aise. Cette boutique étriquée ne me parut plus si amusante, j'eus soudain hâte de retrouver l'air libre. Sans réfléchir, avec une précipitation qui traduisait mon embarras, je sortis mon médaillon et le lui tendis, en lui demandant si elle pouvait m'expliquer sa provenance. Mrs MK le prit, le frotta et me le rendit. Elle me répondit laconiquement : « Vous avez une responsabilité immense. »

Cette phrase, je l'avais déjà entendue. Ce sont ces mots, précisément, qui déclenchaient chez ma mère des colères mémorables lorsque ma grand-mère les prononçait. Le trouble m'envahit d'autant plus que la vieille sorcière en face de moi, qui me regardait toujours en louchant, me rappela soudain vaguement quelqu'un. Cet air de *déjà-vu,* que je ressentais depuis que j'étais arrivé à Lewiston, persistait.

« Je suis fort heureuse de vous rencontrer », ajouta-t-elle en affichant un large sourire édenté. Elle m'étreignit la main avant de glisser sans bruit jusqu'au comptoir sur lequel une caisse enregistreuse hors d'âge côtoyait un bouquet d'amarantes.

« Je vous attendais depuis longtemps, très longtemps, continua-t-elle tout en disparaissant pour farfouiller dans un placard bas, je suis fort heureuse. »

Elle se releva et déplia devant moi une carte de la région qui semblait dater du Moyen-Âge. Elle y dessina une grosse croix au marqueur rouge et la désigna ensuite de son doigt tout tordu : « Rendez-vous à dix-neuf heures juste à l'orée du village. »

Elle me sourit de nouveau et me raccompagna vers la porte, sans essayer de me vendre quoique ce soit, et avant que je n'aie eu le temps de poser la moindre question sur la fête de Beltane, comme j'en avais l'intention.

Je sortis dans la rue un peu abasourdi. L'excitation qui commençait à me gagner le disputait à l'impression d'être tombé dans un village de fous. Je passai une partie de l'après-midi à l'hôtel, allongé sur le lit, les bras croisés derrière la tête, ressassant encore et encore la scène étrange que je venais de vivre. Je ne parvenais pas à mettre mes idées au clair et décidai de me laisser porter par les évènements. Ces vacances promettaient d'être plus originales que prévu. J'allais avoir quelques difficultés à expliquer à ma femme la raison pour laquelle les corrections de mon manuscrit n'avaient guère avancé…

Lorsque dix-huit heures trente s'affichèrent enfin sur mon radio-réveil, je me levai, enfilai mes chaussures de randonnée, et sortis. Je n'eus aucune difficulté, cette fois-ci, à trouver le lieu de mon rendez-vous mystérieux. La vieille sorcière m'y attendait. Elle me fit un signe de la main, m'encourageant à la rejoindre.

Arrivé à sa hauteur, elle me répéta : « Je suis fort heureuse. »

En l'entendant radoter cette même phrase pour la troisième fois, je ne pus m'empêcher de conclure que la pauvre était vraiment dérangée. Suivre cette inconnue à la nuit tombée, pour aller je ne sais où, faire je ne sais quoi, ne me paraissait plus être une très bonne idée. Je regrettai un peu d'avoir laissé mon téléphone portable à l'hôtel. J'aurais dû l'emmener avec moi me dis-je, au cas où…

Mais j'emboîtai malgré tout le pas à Mrs MK qui trottinait étonnamment vite, enveloppée dans sa cape écarlate. Nous empruntâmes un sentier qui longeait les champs. Je me félicitai d'avoir mis un gilet avant de sortir : quelques nuages moutonnaient, que le soleil couchant teintait de pourpre, et un vent frais s'était levé.

Mon étrange guide marmonna quelques paroles inintelligibles puis se tut complètement. Après quelques minutes de marche silencieuse, elle se retourna brusquement, m'attrapa le bras, et de son doigt tremblant m'indiqua une forme sombre plantée au milieu des blés. J'enfilai mes lunettes et plissai les yeux pour mieux la distinguer dans l'obscurité naissante.

Un cerf nous observait. Il paraissait calme, pas effarouché le moins du monde. Je fus heureux de pouvoir l'admirer quelques instants avant qu'il ne s'éloigne tranquillement. Citadin depuis longtemps, j'étais peu habitué à croiser ce genre de bel animal, j'avais donc peu de moyens de comparaison, mais j'eus l'impression, malgré tout, que celui-ci était particulièrement grand.

Nous reprîmes ensuite notre chemin, avec mon accompagnatrice toujours mutique. Nous n'entendions plus un bruit de voitures, le ronflement des moteurs des bateaux qui sillonnaient le loch et dont l'écho résonnait jusqu'à Lewiston avait cessé, aucun avion ne raturait le ciel.

Nous atteignîmes après quelques minutes ce qui ressemblait de loin à un bosquet, qui se révéla une forêt sombre et touffue dans laquelle le sentier hésitait à s'enfoncer. Dès les premiers rideaux d'arbres franchis, les ténèbres nous enveloppèrent. L'humidité aggravait la sensation de froid, je commençai à frissonner.

La forêt, théâtre enchanté le jour, cauchemar labyrinthique la nuit, réveillait malgré moi des terreurs enfantines, de celles qui vous incitent à remonter les draps jusqu'au menton. Un hennissement furieux me fit sursauter, puis le hululement d'une chouette me glaça les sangs. Quoi de plus lugubre que ce cri résonnant entre les chênes épais ?

Tout à mes fantasmes, je ne me rendis pas immédiatement compte que la fièvre ressentie depuis mon arrivée à Glasgow avait chuté, que les quelques courbatures qui me gênaient encore en fin d'après-midi avaient disparu et que j'avais cessé d'éternuer.

Petit à petit, l'angoisse ressentie en pénétrant dans la forêt s'apaisa. J'eus l'impression que le chemin s'élargissait, que les troncs s'espaçaient, s'écartaient comme pour nous ouvrir un passage.

La situation ne me semblait plus si bizarre. Finalement, cette aventure était plutôt plaisante et cette balade nocturne agréable. Nous avancions d'un bon pas, je me sentais désormais plus reposé que jamais… et de plus en plus euphorique… inexplicablement heureux…

42. Retrouvailles

Dans une trouée, tout au bout du chemin forestier, se dessinèrent bientôt les ruines du château d'Urquhart. Ses tours sombres et ses murailles se détachaient à peine sur le ciel crépusculaire et plus nous avancions, plus elles semblaient s'estomper et se fondre dans la nuit.

Je devinai qu'il s'agissait là de notre destination. Peut-être aurai-je le droit à une visite privée me dis-je, tout ce mystère et cette mise en scène devaient faire partie du folklore local ! Eh bien soit, une telle opportunité ne se refusait pas. D'autant qu'en nous rapprochant, les ruines me parurent beaucoup plus belles et imposantes que ce que j'en avais vu, en passant, avant d'arriver à Lewiston.

Nous sortîmes bientôt de la forêt, traversâmes la route déserte et nous engageâmes, comme je l'avais supposé, sur un sentier qui enjambait les douves asséchées et serpentait au milieu des vieilles pierres d'Urquhart.

La nuit était entièrement tombée désormais, mais une lune cendrée s'était levée au-dessus des highlands et baignait les vestiges de sa lumière bleutée. L'imagination s'emballait vite dans ce décor blafard.... Ici, un spectre de chevalier franchissait les restes d'un pont-levis sur sa monture écorchée. Là, une princesse promenait son ravissant squelette près d'un ancien colombier. Elle attendait peut-être que son amant diaphane la rejoigne en secret... En haut d'une tour fantôme, une sentinelle en lambeaux faisait sa ronde, s'arrêtait parfois, guettait l'approche d'un ennemi invisible entre les créneaux. Combien d'esprits hantaient ces lieux rendus à l'éternité une fois les derniers visiteurs partis, les derniers éclats de voix éteints ? Le calme et le silence nous enveloppaient. Nous n'entendions que le léger clapotis de l'eau sur les berges, et c'est en chuchotant que Mrs MK me donna quelques explications :

« Le château existerait depuis mille cinq cents ans. Après avoir appartenu à Guillaume le Lion, il a souvent changé de main au gré de guerres opposant les Anglais aux Écossais. Son emplacement stratégique en faisait une forteresse difficile à prendre. Mais ce que les historiens ne vous diront jamais, soit qu'ils l'ignorent, soit qu'ils en conservent le secret, c'est la raison véritable pour laquelle il a été bâti précisément à cet endroit. »

Nous atteignîmes le donjon, la tour la mieux préservée du site, qui se dressait de toute sa hauteur à l'extrémité du promontoire rocheux et dominait le loch Ness. Ma guide farfouilla dans sa poche, en sortit une clef énorme et m'invita à la suivre après avoir ouvert la lourde porte. Nous gravîmes prudemment un escalier de pierre en colimaçon que l'humidité rendait glissant. Dans l'obscurité totale, je craignais à chaque instant de dégringoler après avoir raté une marche.

Lorsque j'émergeai enfin à l'air libre, je repris mon souffle quelques instants. Puis je m'approchai des créneaux et découvris, émerveillé, un paysage magnifique. La lune bedonnante, désormais haute dans le ciel, illuminait quelques nuages qui erraient dans les champs étoilés et s'enroulaient autour des sommets les plus élevés. Toutes les nuances de gris s'étalaient sur les pentes douces des collines, du gris pâle des prairies luminescentes au gris sombre, presque noir, des forêts. La nuit révélait toute la féerie du loch Ness, sa beauté inquiétante et majestueuse, avec ses eaux charbonneuses et insondables que l'on devinait parcourues par des courants sous-marins mystérieux.

Ma guide, que j'avais oubliée quelques instants, s'approcha de moi et me demanda, toujours en chuchotant, de patienter un peu.

J'acquiesçai en lui jetant un coup d'œil rapide… et sursautai de surprise. Ce n'était pas ma guide !

Je regardai autour de moi, scrutai les moindres recoins à la recherche de la propriétaire de l'*Esoteric Shop*. En vain. Elle avait disparu.

« Mais qui êtes-vous ? Où est passée la vieille dame qui m'accompagnait ? »

La jeune femme à côté de moi ne répondit pas immédiatement. Sa longue chevelure argentée scintillait doucement. Un sourire creusa ses joues.

« Il n'y a personne d'autre que vous et moi ici, me répondit-elle enfin, et je crois que vous savez qui je suis… Pourquoi, sinon, seriez-vous venu me présenter votre médaillon ? »

À ces mots je revis ma grand-mère, si grave lorsqu'elle évoquait l'histoire de ce bijou mystérieux. J'essayai de me raisonner, de retrouver le sérieux qui sied à l'homme adulte et sensé que j'étais. La vérité était pourtant toute simple : une mise en scène astucieuse, la propriétaire maligne d'une échoppe pour touristes qui avait trouvé moyen de se faire de la publicité à bon compte, aidée en cela par sa fille. Et le tour était joué ! Il suffisait que je raconte mon aventure autour de moi et la boutique serait bientôt pleine de clients.

J'allais annoncer poliment à cette jeune femme que j'avais mis à jour son sympathique stratagème, que j'étais tout de même très heureux d'avoir pu faire cette belle visite et l'en remerciais, mais qu'il était temps pour moi de rentrer désormais, lorsqu'une mélodie magnifique s'éleva dans l'air. Je reconnus le son puissant et déchirant d'une cornemuse et j'imaginai le musicien soufflant dans son instrument, les joues gonflées, caché quelque part dans la pénombre.

Cette mélodie me transporta immédiatement ailleurs, dans un passé lointain, inconnu ou juste oublié… Cet air m'était familier, je fus pourtant incapable de me souvenir de son nom. Le rythme apaisant, tout en gaieté contenue, était celui d'une valse lente. Par un curieux effet de réverbération, la musique semblait provenir du lac lui-même.

Tandis que je m'abandonnais tout entier au plaisir de cet instant unique, je sentis ma poitrine rayonner de chaleur. Je saisis sans réfléchir le médaillon sous ma chemise. Il était tiède et avait pris une teinte orangée, lumineuse. Le dragon qui y figurait sembla se mouvoir. Je ressentis comme un vertige bizarre, agréable et doux. Un sentiment de félicité incroyable m'envahit.

Tata Glinglin pointa du doigt la surface du loch Ness en chuchotant :
« Regardez ! »
Je ne vis d'abord que le reflet tremblotant de la lune.

Puis, émergeant gracieusement des profondeurs mystérieuses du lac et perçant ses eaux noires, un cou immense se déploya, lentement.

Je frissonnai d'émotion. Une deuxième créature, encore plus grande, fit alors son apparition. Et pendant de longues minutes, ou peut-être plus - j'avais perdu toute notion du temps - j'assistai au plus envoûtant, au plus incroyable des ballets.

Les deux dragons évoluaient doucement, le haut de leur corps affleurait la surface et leurs cous perlés de gouttelettes ondulaient en rythme. Ils se dévisageaient tendrement, se rapprochaient parfois, puis s'éloignaient, s'enlaçaient soudain puis reprenaient leur danse élégante, chacun de son côté. Leur peau colorée vibrait de mille teintes changeantes, je devinais la myriade d'écailles lumineuses qui les couvraient.

La musique n'avait pas cessé et d'autres instruments, que je ne reconnus pas, accompagnaient désormais la cornemuse. Des notes cristallines échappées de la partition du réel flottaient autour de moi et résonnaient dans mon esprit. Plus qu'un chant, je compris qu'il s'agissait d'un langage. Ma guide, dont la voix claire semblait s'être mise au diapason, m'expliqua :

« Peu de gens peuvent voir les dragons. Seule une poignée d'élus, "les Gardiens", ont ce privilège. Mais cet honneur s'accompagne d'une grande responsabilité. Le secret de leur existence doit être préservé. » Elle sourit avant de continuer.

« Il leur faut plusieurs siècles pour arriver à parfaire leur mimétisme, à se fondre dans le décor pour échapper au regard des hommes en toutes circonstances. »

Comme en écho à ces propos, les deux corps commencèrent à s'estomper lentement, absorbés par la nuit.

« Victor et Iseabel ont achevé ce long apprentissage, ils n'ont désormais plus rien à craindre, ils ne seront plus jamais observés, ni approchés par le commun des mortels. »

À peine eut-elle fini sa phrase qu'un troisième cou, beaucoup plus mince, surgit à son tour. J'entendis, comme venant d'un brouillard lointain, tata Glinglin préciser :

« En revanche, la petite Nessie a encore quelques progrès à faire… »

FIN

Remerciements

Merci à Julie pour ses nombreuses relectures.

Merci à mes premières lectrices pour leur aide indispensable : Lydie, Claire, Joëlle, Virginie.

Merci à Rebecca pour la réalisation de la couverture.

Merci à Ariane Bourbon et Denis Hugo pour leurs conseils et leurs corrections professionnelles.